和三郎江戸修行　激烈

高橋三千綱

JN030285

集英社文庫

目次

第一章　迎　撃　7
第二章　ひとときの反撃　88
第三章　江戸見物　149
第四章　激　突　244
解　説　縄田一男　341

和三郎江戸修行　激烈

第一章　迎　撃

一

御厩河岸《おんまやがし》の東側、渡し場まで全速力で走ってくると、さすがに息があがった。すでに船着場の小屋は灯《あか》りが消えている。そこから北に向かって大名の下屋敷《しもやしき》や旗本の屋敷が連なっており、人の気配は少しもない。

月は雲間から出たり隠れたりしている。風が大川《おおかわ》から渡ってくる。夜の中に潜んだ、肌を刺すような冷ややかな尖《とが》った風が、殺気を孕《はら》んで通り過ぎる。

息を整えて歩きながら、季節の移りの早さに岡和三郎《おかわさぶろう》は驚いていた。故郷の越《えち》前野山《ぜんのやま》であれば刈り入れが済み、農家はほんのひとときの安らぎを覚えているはずである。屏風山《びょうぶさん》にはそろそろ初雪が降る。

北本所《きたほんじょ》の町家の商家も大戸を下ろしている。二階の狭い窓からたまに小さな灯りが漏れている商家もある。その商家の並んだ一角から、提灯《ちょうちん》を下げた中間《ちゅうげん》を連れた武士がことりと現れた。

小柄で体を傾けて歩く武士は、暗い中から現れた若い侍を見上げて、たじろいだように道を空けた。幸い、三人を斬ったばかりの、和三郎の着流しにかかった返り血までは気づかずに去っていった。

「おい、犬、こっちだ」

和三郎が走るのをやめると、野犬は傍《そば》を歩調を合わせて歩き出した。その犬に向かって、和三郎は手を振ると、北本所と寺との間の通りを東に曲がった。もう一つ町が出てきて、そこを過ぎると土屋《つちや》家の下屋敷になる。

土塀の角に身を潜めて、和三郎はあたりを窺《うかが》った。外の小路《こうじ》にも塀の内側にも人の気配はない。

(刺客に雇われた者どもも、一人あたり一両の報酬では、そうがつがつして襲ってくることもなかろう)

すでに四ツ時(午後十時頃)は過ぎている。沙那《さな》はもう眠っているはずだ。他の女中もそうだろう。

家士《かし》の四人の侍どもは組屋敷に戻ったか、小姓なら屋敷のどこかで直俊君《なおとしぎみ》を寝ずの番でお護《まも》りしているはずだ。下屋敷を取り仕切っている国分正興《こくぶまさおき》老人は、組屋敷の外に家を借りていることもありえる。いずれにしろ土屋家家来が四人しかいない屋敷を管理しているのでは、大した身分ではない。

和三郎はそっと門の戸口を叩《たた》いた。もし門番が脇の門番小屋にいればすぐに気づくはずだ。

だが、恐らくは口入れ屋から日当二百文程度で雇い入れた怠け者の門番では、今頃は安酒を抱え込んでご機嫌になっているのだろう。

和三郎は塀を回り、どこか乗り越えられるところはないかと調べた。

塀に崩れたところは見当たらない。

路地の突き当たりは寺の塀になっている。そこに人が一人通り抜けられる幅を見出《みいだ》した。和三郎は被《かぶ》さってくる樹木を払いながら先に進んだ。

真っ暗である。

寺はばかにだだっ広い。その寺の塀と土屋家下屋敷の間に大木が植わっている。垂れた樹木が闇の中に溶け込んでいる。和三郎は額を枝にぶつけて大木があることを知ったのである。

「おい、犬、ちょっとこい」

和三郎はそう呼んだが、野犬はどこかに潜り込んだものとみえてやってこない。

即興で野犬に名を付けて呼んだ。どういうわけか野犬の気配がした。

「おい、一太郎《いちたろう》」

「おまえは太郎の中で一番の犬だ。だから一太郎だ。さ、こっちにこい」

野犬の強い臭いが鼻を突いた。

和三郎は犬を片腕に抱きかかえると、塀の上に乗せた。自分は大木の幹を摑《つか》んでよじ登った。

塀の上に足を乗せて跳び移った。昼間ならなんでもないことだが、夜とあっては簡単には塀の丸瓦に乗っていられない。

上体が傾き、そのまま土屋家の屋敷内に落ちた。ふやけた土に膝が埋まった。右肩がその衝撃で鋭い痛みを訴えてきた。呻《うめ》いている和三郎の傍に野犬が跳び降りてきた。

「変わった犬だな。ではおまえは今夜からこの屋敷の徒士頭《かちがしら》だ。みなを護るんだぞ。まずは道案内だ」

和三郎は刀の下緒《さげお》を解《ほど》き、野犬の首に軽く巻きつけた。野犬は灌木《かんぼく》と喬木《きょうぼく》が乱雑に植えられている裏庭を、和三郎を引っ張って踏み込んでいく。

和三郎は野犬に引きずられるままに、密林のような樹木群の中に足を踏み入れた。

蜘蛛《くも》の糸が顔に貼り付き、引き剝がすのに懸命になった。野犬は構わずに先を行く。

蜘蛛の糸から逃れられたと感じると、前が開けた。雲の間から大きな月が顔を出した。固めた土に月の淡い光がはね返る。まるで沼地のようだった。

野犬は和三郎の躊躇《ためら》いには無頓着に先を進む。足をとめた所は台所の前だった。そこに食物の臭いを嗅ぎつけたらしい。

和三郎は野犬の首に回していた下緒を解いた。戸口を大雑把に開けると、先に野犬が飛び込んでいった。

それには構わず、草鞋《わらじ》を履いたまま床に上がってずかずかと奥に進んだ。突き当たりに小行灯《こあんどん》が置かれている。

「沙那殿はおるか」

声を張って呼んだ。もうコソ泥の真似事《まねごと》をする必要はない。今夜の襲撃はあるまいと踏んだのである。

「沙那殿」

二度目の呼びかけで廊下の隅にある部屋の戸が開かれた。棒縞《ぼうじま》の小袖を羽織った沙那があわてて出てきた。

和三郎の姿を認めると、暗い中でも瞳の白い部分が閃《ひらめ》くのが窺えた。

「岡様、一体、どうなされました」

「悪い連中がここを襲ってくる。狙いは直俊君だ」

「ここを襲う？　どうしてそれが分かったのですか」

「それはいずれ話す。とにかく沙那殿は国許《くにもと》に戻ることだ」

「えっ？」

廊下の様子に気づいた他の女も、恐る恐る廊下に出てきた。

「女中頭のお富《とみ》はいるか？」

「お富様は今夜は実家に戻っておられます」

そう答えたのは先日会った、お蓮《れん》という女中らしかった。

「では、おぬしたちは明日、夜明けにここを出ろ。ここにいてはおぬしたちの命が危ない」

「命が危ないとはどういうことでございますか」

お蓮が聞いてきた。和三郎は面倒臭くなった。

「ごちゃごちゃいうな。命が惜しくない者は残って刺客どもと戦うがよい。今夜は襲ってはこんだろうが、明日の晩は危ない。連中の狙いは直俊君だが、おぬしらもここにいると巻き添えを食うぞ」

そういうと女たちは顔を見合わせて静かに騒ぎ出した。叫ぶというのではなく、武家勤めらしく危険を察知した雀《すずめ》が鳴くような感じである。

「実家が遠い者は近くの宿を取れ。今夜からでも構わん。銭は後ほどここを管理している国分殿に払わせる。なに、騒ぎが収まればここも安全になる」

和三郎はさっきから、顔を上向けて和三郎を凝視している沙那の肩を掴んだ。細い骨が掌《てのひら》に当たった。心細さが伝わってきた。

「沙那殿は国許に戻るんだ。何もなかった顔をして戻るんだ。兄の仇討《かたきう》ちはすんだのかと問われたら、私には分かりません、岡和三郎は姿を消したと答えるのじゃ。分かったな。それで沙那殿は安心して婿取りができる」

そういうと沙那の細い指が和三郎の胸元を強く摑んだ。

「わ、わたしは婿など取りませぬ。野山にも戻りません。江戸に、江戸にいさえすれば、わたしのような者でも勤め先はいくらでもあります」

「駄目だ。戻るのじゃ」

「お茶屋で働くこともできます」

沙那の必死の様子が伝わってきた。

「駄目だ。江戸にいても沙那殿は目立ち過ぎる。なんといっても野山小町だからな。茶屋なんかで働いたら、悪い男がどっと押し寄せてきてかえって危険じゃ」

「こんなときに、何をおっしゃっておられるのですか」

恨めしげな視線が和三郎を刺した。

「うらは今夜、二人斬った。大川平兵衛《おおかわへいべえ》も倒した。敵の的はうらにも向けられる。そんな男の傍にいてはならん」

「で、でも……わたしは……」

沙那の肩が震えている。和三郎は心を鬼にして聞いた。

「直俊君はどこだ」

「奥の寝室です」

「よし」

和三郎は沙那の肩から両腕を離して、廊下を進みかけた。

「誰かついている者はおるのか」

答えたのはお蓮だった。

「小姓組の沼澤庄二郎《ぬまさわしょうじろう》様が隣室に控えておられます」

お蓮はそういうと、こちらです、といって和三郎の先に立って進んだ。和三郎は振り返った。

「沙那殿、台所に犬がいる。一太郎というのだが、とにかく腹をすかしているから飯をやっておいてくれ」

「えっ？　犬？」

と寝ぼけた声を出したのはもう一人いる女中らしかった。

和三郎はお蓮の後について進んだ。いくつかの角を曲がると、お蓮は廊下から沼澤の名を呼んだ。

袴《はかま》を手に下げた小柄な侍が姿を現した。

「お蓮さん、どうしたのだ」

「この方が」

お蓮が和三郎を振り仰ぐと、沼澤は袴を落としてあわてて刀を取りに奥に行った。

「あわてるな。私は岡和三郎という者だ。直俊君の護衛を国許のお年寄り田村半《たむらはん》左衛門《ざえもん》様に命じられた。今夜か明日、遅くとも明後日の晩には刺客どもがここを襲ってくる」

「な、なんと、刺客が。何故じゃ」

「何故？　おぬしは何も知らんのか」

「どういうことじゃ。そもそもおまえは何者だ。田村様の名を出すとは一体何を企《たくら》んでおるのだ。貴様こそ怪しい」

沼澤は刀の柄《つか》に手をかけて鍔元《つばもと》を切ろうとした。和三郎が手にした刀の鞘《さや》が、その手首を押さえた。

「土屋家は今、真っ二つに分かれて敵対しておる。前藩主の忠国《ただくに》様が直俊君の命を奪い、ご自分の嫡男国松《くにまつ》君を次の藩主に据えようと企んでおるのじゃ。それを知らんのか」

「知らん。そんなことがあるわけない」

沼澤の目が血走っている。これは駄目だと和三郎は思った。

「ではここにいろ。ここで刺客どもと戦え。直俊君は私が匿《かくま》う」

和三郎こそが今ははっきりと敵側に狙われているのだ。そんな男が直俊君を護るのが危険極まることは、和三郎自身がよく分かっていた。だが、こんな心もとない家臣どもに直俊君を預けるわけにはいかなかった。

（たとえあの子が影武者であろうと、うらが護る）

本物の直俊君は、国許から来た武田《たけだ》道場師範の大石小十郎《おおいしこじゆうろう》に守られて、越後《えちご》椎谷《しいや》藩堀《ほり》家の屋敷にいる。

（身代わりとして死ぬ運命など、そんなものがあってたまるか。あの子はうらにとっては直俊君だ。なんとしても護り通す）

同じ土屋家の家来を斬るのは和三郎には忍びなかった。それらの者たちは国許で起こっているお家騒動を知らないのだ。或《ある》いは、重役らに懐柔されて、忠直《ただなお》様の世嗣《せいし》、直俊君を亡き者にする謀略に知らずに加担してしまっている。

だからといって、いまは事細かに説明しているときではない。全ては、江戸にいる家来どもが、安逸に浸り過ぎていることから起こったことなのだ。少し気を張り詰めれば、土屋家の土台が、凶悪人の策謀によって崩れ落ちようとしているのが分かるはずだ。

だが頭に血が上っている家来どもには周囲が見えない。現に目の前で青筋をたてて身構えている沼澤を、なだめる方法が和三郎には思い浮かばない。お蓮も沼澤にしがみついている。

「狼藉者《ろうぜきもの》め。そこへ直れ。成敗してやる」

喚《わめ》いた沼澤の手が柄にかかった。

二

そのとき、

「沼澤、どうかしたか」

沼澤の荒々しい声を聞きつけた直俊君が、寝室から出てきて廊下に姿をみせた。和三郎は片膝をついて顔を上げた。

「岡和三郎です。覚えておいでですか」

「ああ、覚えておる。沙那の許婚《いいなずけ》であろう。沙那がそう申しておった」

直俊君はやや眠そうな様子だったが、喋《しゃべ》る言葉に無駄はなかった。

「直俊君に申し上げなくてはならないことがあります。江戸の刺客が直俊君のお命を狙ってここを襲ってまいります。土屋家ではお家騒動が起こっているのです。ご理解頂けますか」

「そうか……」

直俊君はしょんぼりとして肩を落とした。その頰に雨戸の節目から入った青白い月の光がかかった。

（この子は全てを理解している！）

和三郎の心が激しく動揺した。この子は自分に向けられた運命までも分かっているのだ。その心情は、俎板《まないた》に載せられた鯉《こい》がおとなしく、包丁が落とされるのを待っているかのような切なさがあった。

「わらわを狙う者があるのか」

直俊君は視線を伏せた。睫毛《まつげ》が忙《せわ》しくしばたたかれた。

「参りましょう」

和三郎は直俊君の手を取り、抱き上げると肩に乗せた。

「狼藉者め、何をするか」

「直俊君を安全なところへお連れするのだ。おまえらの腕では、襲ってくる刺客どもから直俊君を護りきれないんじゃ」

「どこへ連れていくというのだ」

沼澤が前に出てきた。

「それは秘密だ。それにおぬしは知らん方がよい」

前に立ちふさがった沼澤を押しのけて、和三郎は雨戸を蹴り飛ばした。沼澤が「狼藉者だ」と庭に向かって叫んだ。塀際に建てられた組屋敷から、人が起きる気配があわただしく聞こえてくる。

和三郎は直俊君をかかえて、月光の差す庭に降り立った。沼澤が続いて跳びおり、鯉口を切って刀を抜いた。

和三郎はいったん直俊君を下ろすと、背後から打ち掛かってきた沼澤を鞘に入った刀で払った。その次に沼澤の後頭部を叩いた。沼澤の体が落ちると、お蓮が悲鳴をあげて寄り添った。

組屋敷から二人の武士が寝巻姿のまま飛び出してきた。刀を下げているが抜き方も忘れたように茫然《ぼうぜん》としている。

「国分正興はいるか」

ふたりは首を横に振ったらしい。下屋敷の管理をする者が、こともあろうに下屋敷を出て、別に家を借りて住んでいるというのはお笑い草だった。それこそ藩の無駄な出費だ。

「国分にいっておけ。刺客が襲ってくる。その理由は国分には分かっているはずだ」

二人は互いの顔を暗い中で見合わせた。それでも何も口をきくことができずにいる。

「直俊君はおれが護る。おれの名は岡和三郎じゃ。お年寄りの田村半左衛門殿の手下だ。分かったらおぬしらもどこかへ逃げろ。刺客の頭領は番頭《ばんがしら》の中越《なかごし》呉一《ごいち》郎《ろう》だ」

和三郎はその場におとなしく佇《たたず》んでいた直俊君を、もう一度抱きかかえて左側の肩に乗せた。

「和三郎様、わたしもご一緒に参ります」

飛び出してきた沙那が前を塞いだ。

「うらは囮《おとり》として狙われているんじゃない。元々敵側の狙いはうらも一緒に殺すことじゃったんじゃ。うらの傍にいるということは、命を落とすことじゃ」

「構いません。直俊君を護るのは沙那のお役目でもあります」

「いい加減にしろ」

和三郎は怒鳴った。沙那は目を瞠《みは》った。

「沙那殿がいては足手まといなんじゃ。それが分からんのか。うらは沙那殿を護ることができん。そんなことに手を貸している暇はないんじゃ。敵は土屋家のふやけた家来ではない。殺しを稼業とする刺客どもだ」

「刺客……」

「そうじゃ。手練《てだ》れの者たちじゃ。沙那殿の出る幕ではない」

「ど、どうして……」

沙那の動揺した心の中を、泳いだ目が語っていた。

「番頭の中越が雇い入れた刺客どもとは別に、恐らく今夜うらを狙って、用人の田川源三郎《たがわげんざぶろう》が藩邸の手の者を連れて襲ってくる。実は中屋敷の金蔵にあった四千両をうらは奪ってやったのじゃ。それを今夜取り戻しに来ることになっている」

和三郎はそれだけいうと、門に急いだ。茫然と突っ立っている門番に門を開けるように命じた。だが門番は閂《かんぬき》をはずそうとしない。

「早くしろ」

そう怒鳴ると、背後から走りこんできたものが門番に飛びついた。

「わっ！」

腰を抜かした門番が悲鳴をあげて両足を天に向けた。野犬が門番の股間を齧《かじ》っている。

「おい、一太郎、もういい。やめろ」

そう命じると野犬は門番の股間から顔を上げた。肩にいる直俊君から微《かす》かに笑う声が聞こえた。

（この子の方が余程肝が据わっている）

そのときまで、和三郎は直俊君を船松町《ふなまつちよう》の家に連れていく気は毛頭なかった。開かれた門から出て行く時、和三郎の頭に閃いたのは、下屋敷に隣接している寺に直俊君を預けることだったのである。

しかし、寺の門は開かれることはなかった。山門から大門まで相当の距離がある。山門を入って大門を叩いたが、寺は静まり返ったままである。和三郎はそれでも固い門を叩き続けた。

(こいつらは決して門を開こうとはせんかもしれん)

この門は岩盤だ、と力を落とした。

「寺は嫌いじゃ」

そのとき耳元で直俊君の呟《つぶや》きが耳に入った。

「寺は陰気臭い。線香の臭いが嫌いじゃ」

七歳の子供が、陰気臭いという言葉遣いを知っていることに、和三郎はまず驚いた。月は再び黒い雲に隠れ、あたりは闇一色である。直俊君の目鼻立ちさえ、一寸先にいてもよく分からない。

「わらわの命があやういというのなら、わらわは岡和三郎のそばにいる。それが一番安心できる」

生命力に乏しい囁《ささや》き声が、和三郎の胸にしみた。

「では直俊君のお命は私がお預かりします」

身代わり同士、生き抜くには、二つの命を一つにして三倍分の力を発揮しなくてはならない。

「直俊君、今夜は家来どもに大ボラを吹いて頂くことになりますぞ」

「教えてくれ。何でもやるぞ」

和三郎は寺に直俊君を預けるのをやめて、下屋敷に戻った。門を叩き、「岡和三郎だ。直俊君も一緒だ」と怒鳴ると、今度は案外簡単に門が開かれた。最初に一太郎が迎えに出た。

「おう、徒士頭、頑張ってるな。しかし、ここにはもう用はないぞ」

和三郎は野犬の頭を撫《な》でた。初めて野犬が和三郎の手を舐《な》めた。

庭先ではまだ三人の男が出ていて、わいわい騒いでいる。

「おい、厩《うまや》に馬が一頭いたな。至急鞍《くら》をつけてくれ」

そういったが、三人は互いの顔を見合わせているだけで、誰も動こうとはしない。

和三郎は痺《しび》れる右手を使って刀を抜いた。左肩には直俊君を抱えているので自由にならなかったのである。

気まぐれな月が黒い雲から顔を出し、月光が刀のふくらに当たった。眩《まばゆ》い光線が庭にいる侍の目を刺した。

「三人でやるんじゃ。早くしろ」

和三郎の気迫に後ずさりをした侍たちは、背中を向けるといっせいに厩に向かって走った。

屋敷の中は静まり返っている。気絶していたはずの沼澤庄二郎の姿も消えている。女どもが屋敷の中に運び込んだのだろう。

衣擦《きぬず》れの音がしたので横を向くと、棒縞の着物が目の隅に映った。沙那が近づいてきた。

「荷物はまとめました。旅に出る支度はいつでもしておりました」

硬い口調でいった。先ほどの和三郎の厳しい口調をまともに受けて、沙那の心は堅く閉ざされてしまったものらしい。しかし、そうなることは承知していたことだった。

「直俊君をどこにお連れしようというのですか」

「船松町の家じゃ」

「で、でもあそこは狙われていると……」

「そう、用人の田川源三郎の一派にな。田川の命令に応じるのは、大方土屋家の家来だ」

「同じ家臣同士討ち合いをなさるのですか」

「戦さとはそういうものだ。裏切り者が勝てば正義となる。沙那殿の兄上を討つように命じた者が勝者となれば、原口耕治郎《はらぐちこうじろう》殿は裏切り者として成敗されたことになる」

そういうと沙那は押し黙った。

「中屋敷には何人の家臣がいるかご存知か」

「恐らく、侍は十数名ほどとか。女中の方が多いと聞いています。奥方様がおられますから」

現藩主土屋忠直様の奥方、嘉子《よしこ》は中屋敷に住んでいる。前藩主の忠国の側女《そばめ》は息子と共に、大勢の女中にかしずかれて筋違橋《すじかいばし》門内の上《かみ》屋敷に住んでいる。理不尽なことだ。

（それが先代忠国殿の謀反の証《あか》しだと、江戸の者は何故気づかないのだ）

だが、今は蠣殻《かきがらちょう》町の屋敷にいる土屋家家来のことが気にかかる。

「十数名か。だが恐らく今夜襲ってくるであろう田川の一派は、もう少し多いだろう。浪人を雇うことも考えられるからな。沙那さんが心配する通り、うらは何としても土屋家の家来同士の殺し合いは避けたい。そこでここにおられる直俊君に、一役かってもらうことになる」

「えっ？」

沙那は今初めて、和三郎の肩の上に直俊君がいることに気づいたようだった。

鞍をつけた馬が引かれてきた。

「夜明けにはここを発《た》つように。これが今生の別れになるかもしれん。もしうらの母上に会うことがあったら、和三郎は、この脇差《わきざし》を肌身離さず持っていたと伝えてほしい」

沙那の視線が和三郎の脇差に注がれた。和三郎は直俊君を先に馬に乗せた。ついで自分が乗ろうと鐙《あぶみ》に片足を伸ばしかけると、不意に背後から抱きついてくる者があった。

着物の上からでも、肌のぬくもりが感じられた。必死で抱きついてくる女は、両腕を伸ばして和三郎の脇の下から胸を強く握った。

襟首に吐息がかかった。

和三郎は女の腕をそっと解くと、何もいわずに背を向けたまま馬上の人となった。直俊君を鞍の前に置き、鐙にかけた踵《かかと》で軽く馬の腹をこすった。

「達者であられよ。一太郎、行くぞ」

人馬は開かれた門を速歩《はやあし》で出て行く。野犬の黒い影が傍に張り付いた。和三郎は後ろを振り返ることなく、大川沿いを南に走った。直俊君を気遣って、それほど馬を急がせることなく軽速歩《けいはやあし》で走らせた。

夜の闇が前方に広がっている。大名の番屋を過ぎるときは、馬の蹄《ひづめ》を響かせないように慎重に手綱をあやつった。大門が出てきた。門は全部が閉ざされているわけではない。町役人の詰める番小屋には、小さな火が灯《とも》っている。和三郎は脇門をくぐるように静かに通り過ぎると、両国橋《りょうごくばし》を渡った。

南に馬頭を向け、今度は左耳に大川の流れを聞きながら南に駆けた。元柳橋《もとやなぎばし》を抜けると、大名の下屋敷や蔵屋敷の壁が続いている。新大橋《しんおおはし》の橋詰に来ると、道なりに小網町《こあみちょう》に向かった。そこに行く手前に田安《たやす》家の下屋敷に向かう橋が一つかかっている。田安家の隣は土屋家の中屋敷である。

和三郎は暗い中をゆっくりと永久橋《えいきゅうばし》の小橋を渡った。番小屋から中間が二人出てきた。長い棒を携えている。

「土屋家の若君、直俊様だ」

馬上からそういった。

直俊君は毅然《きぜん》とした態度で、二人の番人を見下ろした。

「大儀じゃ」

ひと言そういった。二人は恐れ入って頭を下げた。和三郎は土屋家の門の前まで行き、外から中の様子を窺った。中から男どもが集まっている気配がする。

和三郎は馬の頭を番小屋に戻した。

「おい」

と呼びかけると、番小屋の戸が開いて先ほどの中間が一人顔を覗《のぞ》かせた。

「土屋家の屋敷に得体の知れない者どもがいるようじゃが、あれは何だ」

「さあ、一時（約二時間）ほど前から何人か浪人のような者が集まっているようだが、くわしくは知らん。握り飯を食っているようじゃった」

番人は臆すまいとして無理に胸を張っているようだった。

「お勤め、ご苦労」

和三郎はそういって、馬をそのまま南の北新堀町《きたしんぼりちょう》から湊橋《みなとばし》に向けて歩かせた。

野犬がついていくのを番人はきょとんとして眺めていたようだ。

湊橋を渡れば、鉄砲洲《てつぽうず》はすぐその先である。九十九長太夫《つくもちようだゆう》は無事着いているだろうか。そうなれば、三十両分の働きはたっぷりしてもらうことになるだろう。

自分でも不敵だと思えるほどの笑みを夜空に向けて、和三郎はそう呟いた。背後から抱きついてきた沙那の温《ぬく》もりが、この世で最後の思い出になることも覚悟していた。

三

家は静まり返っているものとばかり思っていた和三郎は、畑と原っぱに囲まれた家の中から、賑《にぎ》やかな笑い声が外まで響いてくるのでちょっと拍子抜けがした。原っぱといっても、そこは船松町という町家なのである。岸辺には漁師の小屋がぽつぽつと並んでいる。大川との境には葦《あし》の原に埋まるようにして岩礁が築かれている。

（九十九長太夫が酒を飲んでいるのだな。では相手は一体誰だろう。吉井《よしい》か）

ご機嫌な笑い声を聞きながら、返り血まで浴びて、血相を変えて決戦に臨もうとしている自分が間抜けのように思えた。

和三郎は馬から降りると、直俊君を乗せたまま、慎重に門までの道を大回りした。門を隔てた十五間（約二十七メートル）ほどのうちに細工が施してある。そこには板で作った要塞が、土の上に家を取り囲む形で倒してあるのである。

敵が攻め込んできたら、まず左右から板壁に繋《つな》いだ綱を引いて、倒してある板壁を立てるのである。板の上には、全部ではないが兵隊の姿が描かれた別の板を貼り付けてある。銃を構えている兵の絵もある。

それらは要塞と呼ぶにはあまりに幼稚で簡易なものだが、昨日一日で大工や指物屋、看板描き、金粉を扱う工芸師など十三名を集めて、いっせいにやらせた仕事だから、こけ威《おど》し程度の役目しか果たせないのは仕方ない。だが、それだけでも少しは敵の動静が分かるかもしれない。

敵の中にも味方につく者が出てくるかもしれないのだ。誰が敵で、誰が味方か鮮明になる可能性もある。全員が用人、田川源三郎の口車にだまされているとは思えないのである。

田川は和三郎に奪われた軍資金を取り戻したいだけなのだ。それは前藩主忠国一派の軍資金の一部であり、軍資金の集金は、陰謀を企む黒幕の一人である田川源三郎に課せられた使命なのだと和三郎はみている。

そうなのである。和三郎の拷問に遭って、弱々しい貌《かお》をみせて降伏の体《てい》でいた田川源三郎こそが、前藩主土屋忠国の忠実な部下であり、直俊君暗殺の絵を描いた一派の、もう片方の頭領であると和三郎は思っている。

叔父《おじ》さえも教えてくれなかった、和三郎の実の父であるという中村和清《なかむらかずきよ》のことや、堀家五千石を継いだ兄、唯之介《ただのすけ》のことにしろ、あの男が持っている情報は半端ではないのである。

田川と肩を並べるもう一派の頭領は、江戸にいる留守居役の白井貞清《しらいさだきよ》であろうと和三郎は推察している。もう一人松井重房《まついしげふさ》という重役もいると聞くが、この者のことはほとんど聞こえてこない。

越前野山にいる田村半左衛門の息子、田村景政《かげまさ》は筆頭家老として国許にいるが、親の跡目を継いで家老職を得ただけの無力な者だ。あるいは単に暗愚な者なのかもしれない。それで親父《おやじ》殿がひとり奮闘しているということもありえる。

国許の家老永田紀蔵《ながたきぞう》の下には用人で中老の辻伝士郎《つじでんしろう》、側用人に井村丈八郎《いむらたけはちろう》、番頭の中越呉一郎と強者《つわもの》がそろっている。この番頭の中越がなかなかのしたたか者で、剣の腕のみならず若い下士を誘導するのにも長《た》けている。それ故、武田道場に通う者の中には、中越を人誑《ひとたら》しと呼ぶ者もいる。

ともあれ、田川源三郎に反撃の機会を与えるために、あえて和三郎は田川を生かしたまま中屋敷に残す、という危険な賭けに出たのだ。

（しかし用意した六十両で、だいたいの仕事を収めることができたのは、幸運だった）

そうすることができたのは、意外にも、水ノ助《みずのすけ》が人集めに長じていたおかげである。

「直俊君、その芒《すすき》の根元には要塞代わりの板塀が隠してあります。直俊君には、後ほどその向こうに現れた田川ら一味に向かって、名乗りをあげてもらうことになります」

「岡、そちのいうことには何でも従うぞ」

「危険なことでございますが、もしものときにはこの岡が盾になります。逃げる道は最前申し上げた通りです。漁師の仙蔵《せんぞう》という者がご案内致すゆえ、ご安心下さい」

芒と藁《わら》を撒《ま》いた板壁の上を人が歩く分にはなんら影響はないが、馬の蹄となると、倒して隠してある板塀を踏み抜きかねない。それで和三郎は先に馬を降りて、誘導したのである。

大工には屋根を補強して、男二人が潜んでも天井が突き抜けないくらいに頑強にするように頼んでおいた。屋根には梯子《はしご》をかけ、そこに大量の仕掛け花火を用意した。

(大砲は……これはやってみなくては分からない)

大砲はふたつ用意した。

ひとつは和三郎が江戸にきて製作したものである。

傷の手当を受けることにも飽きて、ふと思いついて平山行蔵《ひらやまぎょうぞう》の本にくびっぴきになって密《ひそ》かに作ってみたが、その出来についてはまるで自信がない。平山行蔵は武州徳丸ヶ原《ぶしゅうとくまるがはら》で一貫目玉筒を試射しようとしたが、幕府の許可が下りず、不承不承引き下がったことがある。

その平山が製作した玉筒を四十年ぶりに復活させようというのが和三郎の試みだった。

(無謀な試みだ。場合によってはやめることにしようか)

弱気になったのは、砲術の心得が全くなかったからだ。しかも筒は錆《さび》のついた鉄をあてがった。最初は鉄製ではなく竹を使用したのだが、さすがにこれは危ないと自重した。それで、自信がないので火薬の量は控えめにしておいた。せいぜい三十匁《もんめ》砲である。

ただ硝石半分、それに硫黄、木炭を四分の一ずつ加え、油脂を混ぜて火薬を丸めているところを仙蔵に見られたので、完成したら操作するように言いつけてみたが、仙蔵は首を縦には振らなかった。昨日になって一応了解の意を表したが、猜疑心《さいぎしん》は拭いきれないはずである。もし仙蔵が逃げたら和三郎自身で導火線に火をつけるほかはない。

（だが、危ないなあ。やはりここは専門家に任せた方がよいのではないか）

もうひとつの大砲は、広島藩浅野《あさの》家の騎馬筒隊の反今中大学《いまなかだいがく》派が、長年培った技術で製作したものである。

外記《げき》流を学んだ若手の彼らは、とうに出来上がっていた大砲を、試射することができずに随分悶々《もんもん》としていたようだ。今回図らずも試射する場所を与えられて、喜んで参加してくれた。

彼らの協力があったのは、倉前秀之進《くらまえひでのしん》の紹介があったからである。大垣《おおがき》での倉前との出会いがなければ、和三郎の命はとうになくなっていたかもしれない。

（出会いは劇的）

そう思う。

実際に砲弾を放つのは、こっちの方の大砲になるだろうと和三郎は思っている。

砲台も昨夜、夜陰に紛れて、吉井も手伝って玄関脇に作ってあるはずである。実は和三郎はまだ点検していないのである。

（しかし、全て、今夜の襲撃に備えるために用意したことだ）

直俊君を馬から降ろし、朽ちた門から玄関に導いた。一見つまらない玄関だが、そここそが護りの要となっている。

その玄関の脇に三人の侍が潜んでいた。浅野家の家来である。

「岡さん、準備はできています」

「標的は二十間（約三十六メートル）だといわれましたが、それでは短すぎる。周囲の家屋に迷惑がかかる恐れもある」

「では真上に撃って、弾の距離を抑えることはできますか」

和三郎の問いかけに香山《かやま》という侍はウームと唸《うな》った。

「そんなこと試したことはないですが」

「いや、試そうとしたこともない。なにせ初めてのことだからな」

と、もう一人の菅平《すがだいら》という比較的トウのたった侍が呟いた。

「じゃが、人家もあるし、ここでぶっ放すとしたら、大川の方にした方がよい。それで敵も相当あわてるはずだ」

「そうか。そうですね、そうしましょう」

「それに本当に今夜、土屋家の世嗣を殺そうと謀る陰謀派がここを襲ってくるのですか」

「来ます。この方が直俊君です」

そこで菅平らは、初めて和三郎の陰に隠れるようにして佇んでいる子供を見た。みな一斉に頭を深く下げた。

「ともかく、もう時がない。連中は出陣の用意をしている。さっき覗いたら握り飯を食っていました」

「握り飯か。儂等《わしら》も腹が減ったな」

菅平が腹を押さえた。

「すぐに用意させます。暫時お待ち下さい」

そういって直俊君の手を引いた。玄関前にはもうひとつ、人の気配がする。

「岡様。妙な浪人が来ておるけど、ひとりは浜松《はままつ》でうらを襲ったやつでねえか」

暗がりからぬっと現れた水ノ助がそう小声でいった。だが、和三郎が返事をする前に水ノ助は、

「わっ！」

と叫んで二尺ほども跳び上がった。ケツを一太郎に食いつかれたのである。

「一太郎、こいつは水ノ助といってうらの仲間だ。ま、何度も裏切ってくれたやつだが、今度ばかりは大丈夫だろう」

和三郎は野犬の頭を撫でた。どういうわけか和三郎になついている野犬は、あまえた声を出した。

「裏切ってねえって。うらは岡様に忠誠を誓《ちこ》うただ。おっかねえ犬じゃ。どっから来たんじゃ」

「野良犬から守護犬となったやつだ。一太郎、この水ノ助と一緒にここを護っておるんだぞ」

そう呼びかけると一太郎はおとなしく土間に腹ばいになった。

「水ノ助、仙蔵と呼吸《いき》を合わせて例の綱を左右からひっぱるのを忘れるなよ」

「分かってるよ」

「その前に一太郎に水を用意してやってくれ」

そういうと、和三郎は直俊君の手を引いて、便所と納屋のある方から裏庭に回って馬を繋いだ。

納屋の方から回ったのには理由がある。玄関からいきなり大川端のある裏庭を回ってくると、そこには深い穴が掘られているのだ。

深さは二尺（約六十センチメートル）ほどだが、縦横に五間（約九メートル）ほども掘られているので、それなりに効果はあると踏んでいる。

そこも昨日、大工たちが塀をこさえている間に、広島藩の吉井、それに水ノ助と漁師の仙蔵が頑張って掘ったものだ。仙蔵は二分金一枚でよく働いてくれた。

その穴の上には薄い板と藁を被せてあるので、簡単にはそこが落とし穴になっているとは気づかれないはずである。

まして夜ともなれば、敵を討つには絶好の堀ともなる。

落とし穴に落ちた敵の姿を目立たせるために、かがり火の用意が二つ、穴の端に立ててある。中には種油をたっぷり染み込ませた薪《まき》を入れてある。

和三郎は注意深く裏庭を回り、自分の使っている部屋の前に立った。部屋に侵入した者の形跡はないようだった。雨戸は開けっ放しで、笑い声はその隣の部屋から聞こえてくる。

和三郎は汚れた草鞋を脱ぎ捨て、廊下に上がった。直俊君は和三郎の着物を摑んでいる。直俊君の草履は途中で脱ぎ捨てられて、今は白い足袋《たび》だけをつけている。

四

障子を開ける前に、賑やかな声に女の笑い声が混じっているのが分かった。うねかと思ったが、そんなはずはあるまいと思った。

障子を開けると、酒焼けした坂本竜馬《さかもとりようま》の顔がまず現れてきた。

「おう、岡殿。飯をご馳走《ちそう》になりに来たぞ。相変わらずぶっそうな人生を歩みゆーようじゃな」

黒子《ほくろ》まで酒焼けした顔が上機嫌に揺れている。この男の気宇壮大ともいえる人格に接すると、和三郎までなんだか気が大きくなったような気がする。

「すごい返り血じゃのう。まあ、一仕事すませたのじゃけん、一杯やらんか」

背中を向けていた九十九長太夫も、徳利《とつくり》を手にして背後を振り仰いだ。

「おう、三十両、帰ってきたか。どこに行っておったのじゃ」

九十九の目も赤い。この目が青くなるのも間もなくだなと和三郎は気の毒にさえ思っていた。

「岡様、みなさんお待ちだったんですよ。今夜は大活躍だったそうですね」

婉然《えんぜん》とした美女の笑みが部屋を明るくさせている。九十九が余計なことまで喋ったらしい。

「おもんさん、どうしてここに」

「倉前の指図ですよ。どうしても私が料理屋に匿ってもらっているのが気にいらないんですって。夕方、吉井さんが迎えに来てくれましたのさ」

そこで顔を上げたのは珍しく顔色のよい吉井だった。やはり相当酒を飲んでいる。大砲を扱う浅野家の仲間と一緒にいるはずだったが、彼らの目には吉井はやはり足軽としか映らないらしい。それに吉井も、酒を前にして気持ちが緩んでしまったものらしい。しかし、他藩の家来に向かって強いことはいえなかった。

部屋の隅でひっくり返っているのは漁師の仙蔵だ。こいつは鼾《いびき》をかいている。やはり昨日から今日にかけての重労働が効いたらしい。

仙蔵には吉井とは別に、裏の船着場につける小舟を二艘《そう》用意するようにいってあった。裏庭から大川までの逃走路である。先に逃走路を用意することが肝要である、とは孫子《そんし》の兵法で学んだことである。今夜の仙蔵には相当働いてもらわなくてはならなかった。

だが、さすがに和三郎は暗澹《あんたん》たる思いになった。吉井と仙蔵には昨日、「明日の夜はきっと田川らの襲撃があるだろう」と伝えてあったのだが、まるで忘れたような酔い心地である。

(この家で、田川源三郎の哀れな姿を見ておれば、とても復讐《ふくしゅう》を企む元気などないと思うかもしれんな。なんせ天井の梁《はり》から逆さまに吊《つ》るされていたんだからな)

そう好意的に和三郎は解釈することにした。もっとも中屋敷で侍どもが集まっている様子を目にした今となっては、そんな悠長なことを感じている暇はないはずなのである。

どうしたものかと唸っていると、背後で重い足音がした。

「あら、岡様、お戻りですか。さあ、みなさん活《い》きがいいところを持ってきましたよ」

大皿に鮪《まぐろ》の切り身を載せてやってきたのはうねである。

「うねさん、実家に戻ったのではなかったのか」

「そのつもりだったんですけど、みなさんに引き止められてしまいましたのさ」

小太りの愛くるしい体を、くるみのように丸めて嬉《うれ》しそうに白い歯を剝《む》き出した。

「それなら仕方ない。まず、表にいる浅野家の三人の武士に握り飯と肴《さかな》を用意してくれ。それがすんだら、すぐにここを離れて隣の家に避難しろ。ここはじき、敵の襲撃に遭う」

「ええっ！　襲撃!?　敵ってだあれ！」

「誰でもいい。早く用意しろ。それから玉屋《たまや》の花火職人は来ていないか」

「さっきからそこにいますよ」

うねが指差したのは、竜馬の背後で背中を丸くして蹲《うずくま》っている、玉屋の花火職人だった卯之助《うのすけ》である。小柄な卯之助は酒も飲まず、ただ和三郎が帰るのを待っていたらしい。

「卯之助、ちょっときてくれ」

そういうと、和三郎は隣の部屋との襖《ふすま》を開けた。療養している間は自分の部屋として使っていた小部屋である。そこに荷物が置いてある。まず新しい草鞋が必要だった。それから小判を入れてある硯箱《すずりばこ》を開いて中を探った。

「この十両は今夜のお礼だ。花火を作ってくれたのとは別ものだ。すぐに屋根に登って待機していてくれるか。助手が必要なら水ノ助を送る」

卯之助はありがたそうに押し頂いた。玉屋が潰されて以来、花火職人は苦労をしている。

「いえ、素人がいてはかえって足手まといです。あっし一人でやります。合図はありますか」

「おれが、やれと吠《ほ》える。なにすぐ下の玄関前におるから聞こえるはずだ」

「それじゃ、あっしはお先に」

卯之助はそういって頭を下げると玄関に急いだ。玄関脇から梯子で花火台まで上るのである。

和三郎は新しい草鞋を持って、竜馬たちのいる部屋に戻った。

「おい、やつらがここへ来るのか。どうしてここを知っておるんじゃ」

九十九長太夫は先ほど人を一人斬ったばかりである。状況は察している。一気に酔いが覚めたようだ。

「なんじゃ、敵の襲撃に遭うとは何のことじゃ。おんし、まだ刺客に狙われちゅうがか」

竜馬は呑気《のんき》に酒を茶碗《ちゃわん》に注《つ》いで飲んでいる。右手にしているのは雀を焼いたものらしい。それをうまそうにしゃぶりながら上機嫌でいった。

「いや、刺客とは違う。襲ってくるのは土屋家の家来どもだ」

「お家騒動か。じゃがなんで、おんしごときがそんな騒動に巻き込まれるんじや」

「話せば長い。おぬしと浜松で別れたあとも散々な目に遭ってな。忍者と隠密《おんみつ》との戦いに巻き込まれたこともある」

そう答えていると、竜馬は初めて障子の陰に童《わっぱ》がいるのに気づいたようだった。

「おい、そのガキはなんでよ」

「直俊君や。土屋家ご世継ぎの直俊君や」

「なにい？　土屋家ご世継ぎじゃと？　こがな小汚い小屋になんでそがな偉い人が来るんじゃ。そもそもおんしは冷や飯食いの三男坊やろうが、どいてこうなるがじゃ」

竜馬はさすがに目を丸くしている。直俊君の威厳が傍若無人な竜馬を人並みの侍にさせている。

「ともかく説明はあとじゃ。襲ってくるのは、土屋家の用人にそそのかされた家臣の連中だ。二十人くらいはいるだろう。実はそいつらとは戦いたくない。同じ土屋家の家来だからな。しかし、その中には金で仕事を請け負った浪人も混じっておるだろう。その場合は斬り合いになる。おれは直俊君を護る」

和三郎は草鞋を履いてしっかりと紐《ひも》で締めた。

「たった三人でか。それはちくと太い話ぜよ」

竜馬はそういって顎を撫でている。満更でもない表情だ。

「なあに、おれたち三人で二十人を相手にするつもりはない。戦わずして勝つという手もある」

和三郎は敵を同士討ちさせる計略を練っている。

「ま、待て。儂はそんな話は聞いとらんぞ。三十両やるというから請け負ったが、二十人を相手にするなんて聞いとらんぞ」

九十九はさすがに泡食っている。

「なあに、おぬしは三人ばかり斬ってくれればよい」

「さ、さん人……」

「そうだ。竜馬は四人だ。報酬は、そのうちボチボチ払う」

「わしは金などいらん。ま、四両もあればよい」

和三郎は即座に巾着から四枚の小判を取り出して竜馬に与えた。浜松では同じ金額を竜馬からもらったことがある。

「おぬしはどうするんじゃ？」

「おれは、まあ、その時の状況次第だ。なんせ刀に血糊《ちのり》がべったりついておるからな。敵の刀を奪って奮闘せねばならん。そうだ、九十九氏《うじ》、おぬしはこれを受け取ってくれ」

和三郎は懐から二十五両の包金《つつみきん》と小判で五枚を取り出して、九十九の鼻先に突きつけた。

「約束の三十両だ。ひとりあたり十両じゃな。後藤《ごとう》家の署名、印が押してある。しっかりしまっておけよ」

包金には小判弐拾五両《にじゆうご》と書かれた字の脇に印が押され、封印には光次《みつつぐ》の印が押されている。田川が隠していた四千両の他に、和三郎は三百二十両ばかりをついでにちょろまかして懐に入れていた。それを自室の硯箱に隠しておいたのである。

しかし、当座の残り金はもう百三十両を切っている。

「お、おい、こんな大金をおぬしはどこに隠しておったのじゃ。こんな金があるなら、なにも殺し屋の仲間になることはなかっただろう」

九十九が唇を尖らせていった。

「それには色々とわけがあったのだ。つまり探索だ。町人に化けておれを殺そうとしたやつらもやってくるに違いないと算段したのだ」

「算段したのか。ん、だが、化けた町人とはなんだ。儂にはさっぱり分からんぞ」

「さっきおぬしもひとり斬ったではないか。しかし、ま、分からないのは無理もない。今夜までおれもやつらの裏で手を引いているのが、どういうやつらなのか見当がつかなかったんやからな。つまり刺客とは広島藩の改革派を狙っているやつらだと思っておったのだ。だが、なんと現場を指示していたのは我が土屋家の番頭だった。今度の一件で国許より出てきたのじゃ」

ほう、といって感心したような顔をしたのは竜馬である。状況を少し理解してきたものと見えた、顔つきが変わってきている。酒ももう飲んでいないようだった。

しかし九十九はまだ、三十両を前にして気もそぞろの様相を呈している。

「しかし、命あってのものだねじゃ。儂はもう少しこの世に未練がある」

九十九は腕組みをして視線を天井に向けた。

「安心しろ、九十九長太夫氏。おぬしが今夜見た、あのぶっそうな刺客どもとの対決は明日以降じゃ。今夜の相手は、土屋家の中屋敷でくすぶっているへなちょこ侍じゃ。刀の抜き方もよう知らん在府の連中じゃ。だが油断は禁物じゃ。さあ、戦さの準備をしてくれ」

和三郎がそう早口でいうと、九十九は徳利を手からすべり落として急に震えだした。

「勘弁してくれ。三十両はいらん。二十名をたった三人で相手するなんて無理だ。儂は降りる」

「もう遅い。敵が来たようじゃ」

玄関から、一太郎の低い唸り声が廊下を這《は》って流れてくる。

「竜馬も覚悟してくれ。千葉《ちば》門下の剣筋を見せつけてやれ」

そういうと、竜馬は片膝をついて刀を取った。

「ようし、やっちゃる。これでも小栗《おぐり》流和兵法の目録取りじゃ。なんかよう分からんが、おんしには借りがあるきな。こがいなこともあろうかと実は秘密兵器を用意してある。任しちょけ、その世継ぎを死なせはせんぞ。儂は酒が入ると強うなるんじゃ」

目の色が違っている。決闘に臨む隊士の目つきになった。さすが土佐の侍は肝が据わっている。

「みんな頭にさらしを巻いてくれ。同士討ちになってはいかんからな。うね、何をしておるんじゃ。握り飯はどうした。ああ、もう遅いな。仕方ないこれで勘弁してもらおう」

和三郎は畳に置かれた小皿を手にした。皿には強飯《こわめし》と焼魚、牛蒡《ごぼう》が載せられている。

「うね、これを広島藩の三人の侍のところへすぐに持って行ってくれ。その後はさっさと隣の家に避難しろ。あ、おもんさんも一緒に行くんじゃ」

「岡様は相変わらず剣難の相があるお方なんですねえ。でも大垣で出会った頃と比べれば、段違いで男らしくなりましたよ。惚《ほ》れちゃうくらい」

おもんはこんな時でも嫣然《えんぜん》とした笑いを忘れなかった。一瞬のことだったが、さすがに和三郎はちょっと照れた。

五

いきなり犬の吠え声があがった。一太郎は玄関を飛び出して、遠く野原の方に走り出したらしい。吠え声がだんだん離れていく。その吠え声が夜の空にこだましている。

「九十九長太夫氏。覚悟を決めてくれ。今逃げ出しても敵の餌食になるだけだぞ」

「し、しかし……」

「おい九十九さんや、若君を見習え、堂々としているじゃないか。さすが大将じゃ」

さらしを頭に巻きながら竜馬はそういって立ち上がった。頰肉が引き締まり、果たし合いに臨む武士の表情になっている。何より立ち姿のよい男である。

「吉井さん」

和三郎は最前より蹲っている吉井を名指しで呼んだ。

「は、はい」

「あなたには申し訳ないが、昨日いった通り、すぐに発破の用意をしてほしい。火種を忘れないように」

そういうと吉井はにわかに震えだした。

「岡さんが調合した火薬の量は大丈夫なんでしょうか。花火屋がいっていた量とは大分違うようでしたが」

「勿論《もちろん》、大丈夫です。平山行蔵先生直伝の火薬の作り方を処方しました」

本当のところ直伝とは言い難かった。平山行蔵はわずか三十俵二人扶持《ににんぶち》の伊賀《いが》組同心であったが、武芸十八般の大家であった。その武勇伝にはこと欠かない。魯西亜《ロシア》の南下政策を危ぶみ、囚人百名でもって蝦夷地《えぞち》防衛策をときの老中に進言した憂国の士であった。和三郎は随分前から平山行蔵を尊敬していた。実用流の剣術を鑑《かがみ》としていた時期もあったほどである。

すでに亡くなって二十五年が過ぎたが、今回は、砲術にも通じていた平山行蔵の著作を真似て、大砲から火薬の作り方までおよそひと月かけて試作してみたものである。土屋家では部屋住みの和三郎には砲術を学ぶ資格がなかったのである。

本当のところどれほどの爆発力があるのか、和三郎にも分からなかった。少なくとも、大川に舟を浮かべて「たまやあー、かぎやあー」と喜んではやすことはできないだろう。

「で、でも大砲なんて、私は扱ったこともありません」

「私もない。だが、大砲というほどのものじゃない。殺傷力はないはずです。ですが筒の背後には立たない方がいいでしょう。こわかったら浅野家の作った大砲に任せて、吉井さんは隠れていて下さい。あの大砲は私自身で操作してみます」

「そう、岡さんが作ったのだから責任を持って下さい。そうすべきなんだ」

なんだか吉井は急に威丈高になった。和三郎は観念して頷《うなず》いた。

「では吉井さんは、裏庭で敵を待ち伏せして、やつらが落とし穴に落ちたら棍棒《こんぼう》で殴ってやって下さいますか。うん、それがいい」

そういって和三郎は吉井を追い立てた。なんの関わり合いもない広島藩の人には気の毒な仕事であったが、これも定めだと思ってあきらめてもらうほかはない。

「兄さん、まだ起きないの?」

表から戻ってきたうねが仙蔵を見下ろしてあきれた顔をした。

「おい、うね、何をしている。仙蔵にはかまうな。早く逃げんか」

酔いの覚めない仙蔵は、実の妹のうねを蹴飛ばした。

「もうほっとくしかないわさ。殺されても知らん。さあ、おもんさん早く行こう」

「はい」

うねはおもんと一緒に裏口に回った。廊下の突き当たりに隠し戸があってそこから裏に通じている。大皿に盛った刺身を素早く抱えたのは、うねの根性が本物である証拠だった。

「ウオ――ン」

一太郎の吠え声が再び近づいてきた。敵が近づいていることを伝えにきたらしい。野犬にしておくにはおしいほど賢い犬である。

「どうやら来たようだ」

和三郎はまず仙蔵に水をぶっかけた。それから背中のツボを刀の柄で打ち据えた。

仙蔵は跳び起きた。頭を振り、赤い目をしきりにこすった。

「なに？」

「この家は敵に取り囲まれた。仙蔵、おまえは水ノ助のところへ行け。手はず通りやってくれ。綱を引くんだ」

「へ？」

「そのあと、床下に潜り込んで、落とし穴に落ちた敵を吉井さんと一緒に叩きのめすのだ。では頑張るのじゃぞ」

そんな二人の問答を竜馬は面白そうに眺めている。

仙蔵がよたよたと部屋を出て行くと、竜馬は和三郎に視線を向けてきた。

「で、岡殿よ、まずどうする」

「まず直俊君がきゃつらに一席ぶちかます。なあにやつらの本当の狙いは四千両を取り返すことじゃ。危なくなったらこっちは逃げ出すまでだ」

和三郎はそういいながら廊下に出て、血脂のついた刃《やいば》を酒で洗い流した。

(これは使い物にならない)

突くだけならなんとかなるが、斬るとなるとなまくらになる。

和三郎は部屋から木刀を取り出した。この方が同じ土屋家の家来を殺さなくてすむと思った。

「よ、四千両を取り返すだと。それはどういう意味だ」

逃げ腰になりながら九十九は荒い息を吐いている。目に剣呑《けんのん》な輝きが増してきた。どうもこの男は小判の話になると蛮勇を振るう傾向があるらしい、と和三郎は思った。

「中屋敷にあった四千両をおれがかっぱらってやったのだ。土屋家を我が物にするための軍資金だ。田川がそれを取り返そうと、家来をあおったのだ」

「かっぱらった？　おぬし一人でか」

「そうだ。ではいくぞ。まず、おれと直俊君が家来どもを説得する。その後はおのおの方よ、しっかりやってくれ」

和三郎は直俊君を再び肩に担いで玄関に行った。

「来た」

水ノ助が暗がりから出てきてそういった。

「よし、水ノ助、おまえは仙蔵と例の綱を引っ張るのだ。合図は……ない」

「ない。うらに任せるということか」

「そうだ。仙蔵はどこだ」

「もう川側に行っているじゃ」

水ノ助はそういうと野原の方に走って姿を消した。

「おい一太郎」

和三郎は野犬を呼んだ。暗い中で跳躍するものがあり、野犬の姿が月光の中で翻った。

絵になるな、と和三郎は思った。

「一太郎、おまえはこの中にいて直俊君を護るのだ。玄関の外に出るではないぞ」

和三郎は直俊君を肩に抱えて外に出た。

静かに迫ってくる気配が、暗がりに潜んだ藪《やぶ》の下方から這い上がってきた。

和三郎はヘソ下三寸に胆力を溜《た》めて待った。竜馬が傍にきた。九十九長太夫も木立の背後に隠れて、刀を抜いた。度胸を決めた素浪人の殺気は本人にも気づかないすさまじいものがある。

大砲を囲んだ広島藩の三人の侍は腰を落としてじっと闇の向こうを見つめている。

迫ってくる気配が確実なものに変わった。刀を抜いた侍軍団が黒い霧のようにうねって近づいてくる。

敵の数は思っていた以上に多い。三十名近くはいるようだった。

馬に乗った田川源三郎が、黒い影を引き連れて門を取り囲んでくる様子が、墨絵のように浮き彫りにされてきた。

「それ以上、近づくな。どでかいのを一発お見舞いするぞ」

和三郎は直俊君を肩に抱いたまま叫んだ。

すると一頭の馬が、軍団の中から首を大きく振って現れてきた。

「この御金蔵破りめ。おとなしく奪った金を返せ」

およそ二十五間（約四十六メートル）向こうの暗闇から、掠《かす》れ声を鼓舞して田川は叫んだ。散々に痛めつけた体は簡単には元には戻らない。それでも家来を集めてここを襲ってくるとは大した執念だった。

もっとも、それは、和三郎の計略通りだった。田川組の中にも忠直様に忠義を感じている者がいるはずだ。その味方と敵を選別するのが目的でもあった。

「田川さんよ、あの金がここにあると思っているのか。そう信じているとしたら、あんたは相当の間抜けだ」

「だ、黙れ、冷や飯食いの三男坊め。さあ、おのおの方、この盗人《ぬすっと》を成敗して下され。金は家のどこかに隠してある。褒美は望み通りじゃあ」

虚勢を張って田川は鞭《むち》を振り回してわめいた。

そのとき和三郎のすぐ傍で銃声が鳴った。その弾《たま》が田川の烏帽子《えぼし》頭巾を撃ち抜いたらしく、田川は悲鳴をあげて落馬した。銃声にびっくりしたのは和三郎も同じだった。

見ると玄関脇に出てきた竜馬が、短筒を片手に握って次の標的に向かって構えている。

一体いつの間にそんな物を用意していたのかと和三郎は驚いた。

（そうか。秘密兵器といっていたのはこのことだったのか。油断のならないやつだ）

同時に、竜馬が狙って田川の頭巾を撃ったのならば大した腕前だが、そんなわけはあるまい、と和三郎は思った。

「品川《しながわ》におったときに器用なやつがおってな、儂のために造ってくれたのじゃ。しかし所詮は火縄じゃ。儂は天にまたたく星を狙ったんじゃが、あの男が転げ落ちおった」

暗がりの中で竜馬の白い前歯が光った。機転の利く男だ。こういう男が味方につくと頼もしい。

田川を振り落とした馬がこちらに駆けてきた。その馬を暗がりから走り出た者が押さえた。

「どうどう」

といって口輪を取ったのは意外にも吉井だった。やるな広島藩、と和三郎は喝采をあげた。

田川の軍勢が浮足だった。そこへ、和三郎がもう一声かけた。

「目付が来るぞ」

どよめきが湧き起こった。

「そうなれば土屋家は改易《かいえき》になる。おぬしらは浪人だ。そうなる前にこのお方の申されることをよく聞くのだ」

大きな月が出ていた。和三郎のそばには竜馬と今は観念した九十九長太夫と、屋根には花火師、馬の手綱を持った吉井、そして一太郎がいる。なんだか、桃太郎になったような気分だった。

「主君忠直様の御嫡子、直俊君だ」

和三郎は肩に担いだ直俊君をさらに上空に突き上げた。おお、というどよめきがあがったが、今度のどよめきには尊敬と畏怖が含まれていた。自分たちはとんでもないお方を襲おうとしていたのだ、と初めて気づいた者がいたのだろう。

「さ、直俊君。家来どもにいっておやりなさい」

そう和三郎がいったのは、ここに来る途中の馬上で、何度も直俊君にいってきかせたことを復唱することである。

「家臣同士、諍《いさか》いはやめよ。この者たちはわらわの命を護ってくれているのじゃ。無用な戦さはやめよ。田川も手を引くのじゃ」

三十名以上はいると思われる侍の間に動揺が起きた。互いに顔を見合わせて、何事か囁き合う様子が和三郎にも見えた。

「だまらっしゃい。何が直俊君じゃ」

田川が体を斜めに傾けて一人の武士の肩に手をかけて起き上がろうとした。

「みなの者、最前申したであろう。この直俊君というのは影武者じゃ。お家の乗っ取りを企む者たちに担がれた影武者なのじゃ。このわっぱは小姓組四十石、内海金蔵《うつみきんぞう》の三男坊じゃ。直俊君などではない。かまわぬからこのわっぱも一緒に斬ってしまえ」

田川が形相を鬼に変えてそう喚いた。数名の者が刀を抜いた。

和三郎はいったん直俊君を玄関の床に置いて、前に踏み出した。

「来る者は来い。容赦なく斬るぞ。たとえ土屋家の家来といえども、お家騒動を起こし、世継ぎである直俊君を亡き者にしようと策略を練る前藩主、忠国様に与《くみ》する者は誰であろうと叩っ斬る。おれは岡和三郎じゃ」

「おう、儂もやっちゃるぜ。儂は坂本竜馬じゃ。卑怯者《ひきょうもの》を成敗するのが儂の役目じゃ」

竜馬は不敵な笑みを浮かべている。尖った頬骨に月の光があたり、それが青光りしている。まるで鮫《さめ》の目が頬に貼りついたようだった。

「九十九、九十九長太夫だ。義によって助太刀《すけだち》致す」

九十九も居直ったのか、背筋をまっすぐに伸ばして言い放った。危なくなったら逃げ出すまでだといった言葉が、案外九十九を勇気づけているのかもしれなかった。

「四千両などここにはない。みんな為替にして忠直様に送ったのだ。それでも戦さを挑むやつは来い。その裏切り者をあぶり出すことが我らの目的なのじゃ」

和三郎がそう怒鳴ると目の前の集団が二つに分かれた。一軍団が刃を振りかざして突進してくる様子が窺えた。

六

「水ノ助、仙蔵、綱を引け！」

そう叫ぶと、それまで土の上に倒されていた壁が起き上がって横に大きく広がった。

勢いよく突進しようとした十数名ほどの侍が、その壁に行く手を阻まれて何事か喚き声をあげた。

だが、田川に与する者や、金で雇われた浪人どもに刃向かおうとする土屋家の家臣はいない。その気持ちがあっても、実戦慣れしていない彼らはこわくて手が出せないでいるのだ。

同士討ちをさせる、という当初の計略が断ち切られたことになる。

それは和三郎の誤算だった。

（三十対三、ワン公一匹ではさすがにつらい）

敵前逃亡が頭に浮かんだ。そうするべきか、と考えたとき、敵陣の剣の上に黄色い光を降り注いでいた月光が、不意に雲に隠れた。あたりは闇になった。

「卯之助、花火だ」

「へい」

と屋根から返事があった。

「シューン」と闇を切り裂く峻烈《しゅんれつ》な音が響き渡った。

黒雲をあざ笑うかのような、華やかな花火が上がった。

遥《はる》か彼方《かなた》に飛んでいく音が長く響いて、夜空に弾《はじ》けた。

二十五間離れたところで、夜空を見上げている者たちの姿が明るくなった。一塊になっている浪人軍団のいびつな顔面が鮮明に目に映った。土屋家の家臣は律儀に袴をつけているのでそれと分かる。

（いまだ）

和三郎は、さっそく平山行蔵の著作を手本にして作った、歯輪《しりん》式発火装置の大砲に被せてあった筵《むしろ》を取り払った。穴の空いた胸の痛みを抑えて製作した涙の傑作である。

素早く発火装置に点火する用意をしだすと、その手を止めた者がある。広島藩の香山という砲術家だった。

「それは使えません。不良品です。私が火薬を抜きました。もしあのまま発火していたら暴発します」

「えっ？」

「ここは我らにお任せ下さい。申し合わせ通り、大川に向かって打ちます」

すると佃島《つくだじま》まで到達するかもしれない。

「佃島があります」

「大丈夫。そこまで届きません」

もう一人の菅平の説明では、雷粉を管に入れて発火させる雷粉銃を改良したものであるという。雷粉は本来の三分目にしてある。

それは、和三郎の大砲が日の目を見ることなく、終焉《しゅうえん》することを意味していた。

（大川平兵衛から粉砕された肩の激痛をこらえて、苦心惨憺《さんたん》して作ったうらの四匁大砲は、水泡に帰した。さみしい）

二人の動作は早かった。もう発火の用意がしてあったとみえて、導火線に火を落とすといきなり轟音《ごうおん》が鳴り響いた。

それに合わせるようにして、二発目の花火が上がった。

大川にしぶきが上がったとみえて、田川派の軍勢の中には腰を抜かす者や、四つん這いになって逃げ出す者も出てきた。

その連中を打ち倒す侍もいる。逃げるな、と鼓舞しているのだ。その軍団の一部の侍が、塀を打ち倒し、乗り越えてこちらに剣を振りかざして向かってきた。田川に与する逆臣どもだ。本気で直俊君の命を狙い、御用金を奪い返そうとする命知らずで無能な輩《やから》どもだ。

最初に迎え撃ったのは、意外にも先ほど綱を引いたはずの水ノ助だった。だが先頭を切った侍と二、三合剣を交わすと、あえなく倒された。その姿が雑草の中に沈むのを和三郎は見た。

「よし」

和三郎は木刀を持って走り出した。横でどしどしという足音がするので見ると、竜馬が総髪を逆立てて走っている。その竜馬を追い抜いていったのは一匹の犬だった。

「わっ！」

刃を振りかざしていた侍が、そう喚いて横転した。一太郎が侍の太腿《ふともも》を食いちぎったのだ。

起き上がった侍は今度は犬に向けて剣を突き出した。その切っ先が一太郎に届く一寸手前で、和三郎の木刀が間に合った。侍の刀を払うと、返す勢いで侍の側面を斬った。頭蓋骨が折れるいやな音がした。

すかさず藪の中から三人の侍が現れ、問答無用と一斉に打ち込んできた。三人を相手にした場合、一人一人と対峙《たいじ》していては不利に働くことが多い。必ず背後に回った者に神経がいく。

和三郎は相手の影の動きを一瞬のうちに飲み込んだ。一合も剣を交えることなく、三人の脳天と頭の側面、それに下半身の急所を下から巻き上げた。

いずれも土屋家の家臣だった。

一刀流には「払捨刀《ほつしやとう》」という秘伝がある。数名の武士が相手のときに使う技で、武田道場の黎明館《れいめいかん》では、円陣を組んだ十数名の者を相手に稽古をさせられた。「上手」と武田甚介《じんすけ》師匠からいわれたのは師範の大石小十郎と師範代の原口耕治郎、それに岡和三郎の三人だった。

特に和三郎は「真の左足」から繰り出す足技を褒められた。すなわち、左足を軸に回転し、体を沈めて相手の脛《すね》を斬り、次に上体を起こすと、すかさず別の相手の右小手を払うことに優れていた。これには屈伸展開の俊敏さが要求された。三人の次に、抜き身を振りかぶって現れた四人に対しても、和三郎は臆することなく木刀で立ち向かっていった。

まず「木刀とはちょこざいな」と叫んで、最初に意気込んで上段に振りかぶった侍の左小手を打った。傍目《はため》には、影が触れただけのように思えるが、受けた者の痛みは半端ではなく、大抵の者は絶叫をあげる。

その体格のよい侍は刀を落とし、左手首を押さえてのたうち回った。手首の甲に罅《ひび》が入り、数本の細かい骨は折れたはずだ。

再び花火が打ち上げられた。

前で刀を構える三人の表情がよく見えた。どこからか人声がするのは、花火に驚いた漁民やその家族が遠巻きにして集まりだしたからだろう。

和三郎は正面ではなく、右側にいる侍に向かって右足を差し出し、左腕を垂直に立てた。そのまま間合いを素早く詰め、鍔元まで押し込めとばかり、気迫を込めて喉を突いた。

「ガハッ」

背後にすっ飛んだ侍はそれきり藪の中に落ちた。

そのときには和三郎の木刀は正面にいた侍の右手首を叩き、上体を崩した相手の脳天を打ち砕いていた。三人目の侍を落としたのも瞬時のことで、二人目の侍の脳天を打つと同時に体を沈め、返す刀で相手の脇の下から顎にかけて斬りあげていたのである。

そのとき、迫っていた相手の陣営が緩んだ。和三郎に横を向く余裕が生まれた。浪人二人を相手に竜馬が戦っている。

いずれも手練れの浪人だった。

「卯之助、もう花火は打つな」

和三郎は十五間向こうの家の屋根に向かってそう叫んだ。逆臣が誰か判明した今では、多勢を相手にするには闇の方が有利に働く。

和三郎は竜馬が向かい合っている浪人の脇に回った。一人が和三郎を目玉をぐりっと回して見つめた。

そのとき竜馬が動いた。突いてきた浪人の切っ先をかわすと、後ろに引かずに反対に相手の胸を突き刺した。血しぶきが上がると、もう一人の浪人が刀を捨てて逃げ出した。

「いいぞ、竜馬」

「おう。敵は逃げ腰じゃ」

だが、そうではなかった。目前に、仁王立ちになって待ち構えている六尺（約百八十センチメートル）もある侍が出現した。槍《やり》を振り上げるなり、あたり構わず盛り上がった肩と両腕の筋肉を使って振ってくる。三国志の時代、巨禍鍾《きょかすい》という恐るべき武具を振り回したと伝説にある、許褚《きょちょ》を思わせる武将のような侍である。

「竜馬、手を出すな。おぬしはあっちの浪人を頼む」

「分かった。臆するなよ。そいつは虚勢を張っておるだけぜよ」

そういうなり、竜馬は直俊君のいる家に向かって攻め込む浪人たちに向かっていく。

闇が幸いした。敵には和三郎の動きがよく分からないため、やたらに槍をブンブンと振っているのだ。

（こんな阿呆《あほう》はまともに相手にできん）

和三郎は足元で気絶している侍の刀を取って、大男に向かって放り投げた。

その刃が槍の穂先に当たった。音が弾けたときには和三郎の体は相手の脇の下に潜り込んでいた。すかさず足さばきが出た。敵の右肩を押し、木刀を首筋に押し当てると、敵の脛を右足で引っ掛けた。大木が真後ろに倒れた。すかさず倒れた敵の喉を木刀の柄の底で力の限り打ち付けた。

戦国の世なら侍大将ともいえる巨大な男は、喉仏を砕かれて絶命したのだろう。激しく血を吐いて体を揺すると、不意に動かなくなった。この化け物を生かしておいたら、後々忠直公のためにはならないととっさに判断して処置したのである。

振り返ると直俊君のいる家の前では、数名の浪人が刃を振り上げて奇声をあげている。背後に回った竜馬が一人で奮戦している。

門の前で家を護っているのは九十九長太夫と広島藩の三人だ。しかし、浪人は破れかぶれで突入の構えを見せている。とっさに和三郎は戻りかけた。だが背後から二人の侍に攻め立てられて、動きが止まってしまった。それでも家の方に目を向けた。

竜馬は一人の浪人の刃と合わせると、そのまま押し倒してその胸を突き刺した。そのとき足元が揺らいだ。そこへ新たに痩せた浪人が竜馬に襲いかかった。

だが体勢を崩しかけた竜馬は、そこで踏ん張った。片膝をついて、上から潰しにかかった浪人の腹を横転しながら見事に斬った。千葉道場に入門したての門弟とは思えない、命知らずの重い剣さばきだった。

和三郎の前に立ちふさがった敵は土屋家の家来だった。憐憫《れんびん》の情を持って敵と向かい合う余裕は和三郎には失《う》せていた。直俊君が危ないのである。

ここは問答無用とばかり、攻めてきた土屋家の侍二人を真っ向から突き立て、一人の喉を潰し、もうひとりのあばら骨を数本粉砕した。

振り返って家の方を見ると、浪人が矢に撃たれてのけぞるところだった。目を転じると、屋根の上、花火師の卯之助の隣にいる男が弓矢を構えている。

（吉井さんだ）

足軽の吉井が、剣を大上段に構えた浪人に向けて弓を射った。その矢が浪人の胸を貫いた。勢いを得た九十九長太夫が何事か吠えた。すると気合に気圧《けお》された数名の浪人があわてて逃げ出した。

その浪人どもの行く手を塞いだ武士の一群があった。

「ここは我ら広島藩の屋敷だ。貴様らは放火するつもりだな。そこへなおれ、逃げる者は斬り殺す」

そう大声で怒鳴る声に聞き覚えがあった。

和三郎は思わず叫んだ。

「逸見《いつみ》さん」

逸見弥平次《やへいじ》の姿が月明かりの中に浮き彫りになった。その背後に黒い影が固まって集まり、逸見に声援を送っている。逸見は地元の漁師たちにもウケがいい。

「岡殿よ、義によって助太刀致す」

「おお、倉前さん」

倉前秀之進の太い体がこちらに向かって歩んでくる。他にも七、八人の武士たちが、横一列になって浪人たちの前に立ち塞がった。

それを見て、すでに降参して刀を放り投げた浪人もいる。

和三郎は、あたりに立ち尽くしている土屋家の侍に向かって叫んだ。

「田川はどこだ。逆臣田川はどこにいる」

だが田川の答えはない。

数名の者が倒された塀を踏みしめる動きをみせた。どうやら背後で、田川が最後の突撃を家来に命じたらしい。腰を低く落としながら土屋家の者が数名進み出てきた。

「待て」

野太い声が響いて、侍たちをかき分けて大柄な武士が現れてきた。気力、膂《りよ》力《りょく》が体中にみなぎっている。その武士の登場が土屋家の侍をも沈黙に落とし込んだ。

七
「斎藤《さいとう》様だ」

「誰が今夜のことを斎藤様に伝えたのだ」

「おれではないぞ。夕方、金城《きんじょう》が斎藤様に耳打ちしているのを見たという者がいたらしいぞ」

ざわめく声が土屋家の家来の間から夜の中に漏れてきた。

長い木刀を携えた武士が悠然と歩いてくる。取り巻く者たちの上に静寂が落ちた。

和三郎は前に踏み出して、目をらんらんと光らせた、戦国武将さながらの殺気をみなぎらせている武士を迎えた。

「おぬしが岡和三郎か」

そういった武士の分厚い唇から、血みどろの涎《よだれ》が流れている。狼《おおかみ》のような血に飢えた臭いがした。

和三郎の血が凍った。

この武士は只者《ただもの》ではない。

「そうです。岡和三郎です」

和三郎は臆せずに答えた。

「今度の陰謀を画策した首魁《しゆかい》とみなしてよいか」

「どう思われても結構です。しかし私どもは陰謀を企ててはいない。嫡子直俊君の命を奪い、藩乗っ取りを企む首魁は別にいる」

「そうは思えんがな。他藩の者の加勢もあるようだ」

「全て黒幕の懐刀、土屋家用人、田川源三郎の軍勢から直俊君を護るためです」

武士は反応しなかった。ただ、一歩踏み出しただけである。二人の間合いは七間（約十三メートル）と縮まった。

「私は斎藤歓之助《かんのすけ》と申す者だ」

（鬼歓《おにかん》！）

神道無念《しんとうむねん》流斎藤弥九郎《やくろう》の三男である。通称鬼の歓之助、鬼歓と道場の門弟からも恐れられている剣客である。

斎藤歓之助は和三郎にとっては、理想の剣士であり、わずか二歳年上だけながら、雲の上の存在でもあった。

十六歳のとき、長州藩萩《ちょうしゅうはぎ》から道場破りにやってきた十四名の明倫館《めいりんかん》門弟を、たった一人で打ち倒した神業を持つ天才剣士である。しかもこの若さで肥前大村《ひぜんおおむら》藩に召し抱えられることが決まっている。

それも百五十石という高禄《こうろく》である。

そういう人と一度でいいから試合をしてみたいと、越前野山藩でくすぶっていた冷や飯食いの若造は夢想していた。

（あの鬼歓が目の前にいる）

冷えていた和三郎の体が沸騰したように熱くなった。疲労の極に達していたが、筋肉の裏側に沈んでいた中枢神経の一本一本が、牙を剝いて起き上がってきた。

「私はおぬしらのお家騒動には興味がない。それに大砲まで用意してあるとは恐れ入った。これ以上の戦さとなると、こちら側の被害は甚大だ」

鬼歓は六尺を超える上背がある。着物の上からでも胸や肩の筋肉の盛り上がりが窺える。和三郎も五尺二寸が平均の土屋家家臣の中では、群を抜いて背が高い。六尺まではいかないが、五尺九寸ある。

しかし毎晩一汁一菜を、暗い部屋で腹をすかせて待っていた和三郎と、門弟二千人といわれる練兵館《れんぺいかん》道場の御曹司とでは、育ちも食物も鍛え方も違う。

「こちらに勝ち目はないからといって、素直に退却するやつらでもないようだ」

鬼歓はそういうと背後を振り向いて薄笑いを浮かべた。

(貫禄が違う、格段に武芸の差がある)

それでも和三郎は冷静さを取り戻していた。ここでこの方と刃を交えて敗れたとしても満足だ、と思っていたのである。それは剣客としての宿命である。父が、中村一心斎《いっしんさい》に心酔して、苗字《みようじ》を中村姓にしたように、ここで一敗地にまみれて果てようが、満足だと思った。

和三郎はいつの間にか、実父が堀姓から中村姓に変えたのは、諸国を遍歴していた中村一心斎と出会い、剣客として対戦して、その神業に畏《おそ》れを抱いたからではないのかと信ずるようになっていた。

「だが、これ以上おぬしに私の門弟を痛めつけてもらっては困る」

「痛めつけるつもりはありません。田川源三郎の詭弁《きべん》に幻惑された土屋家の家臣が、お家転覆に加勢したから刃向かっただけです。田川は浪人どもには多大なる報酬を与えると餌をぶら下げたのでしょう」

「浪人のことは知らん」

鬼歓は後ろを振り向き、飢えた獣のような浪人の軍団を眺めた。彼らの中には家族を持つ者もいるはずだ。狼だって獲物をあさるときには命がけにもなる。

そう思いながら和三郎は、恨めしげな眼差《まなざ》しでこちらを見ている浪人を見つめ返した。

鬼歓は和三郎に向き直った。

「しかし、ここには我が道場の門弟が十一名もいる。その内、少なくとも六名は回復が困難なほど、おぬしの木刀で叩きのめされた」

そういうと、鬼歓はさらに二歩足を進めた。

「そこでおぬしに提案がある。ここは我ら二人の試合とせぬか。敗れた方は、陣を引く」

「しかし、直俊君を殺させるわけにはいきません」

「私がそうはさせん。勝負に勝ったからといって、幼い若君に腹を切らせたりせぬ」

鬼歓の言葉はほとんど呟きになっている。取り巻いている他の侍たちの耳には届かないはずだ。みな、影絵のようになって沈黙している。

「おぬしが勝っても、門弟に仇討ちはさせん。みなはすみやかに退却する」

そういうと、鬼歓はいきなり背後を振り返って手にした木刀を振り上げた。

「これから私ら二人は試合をする。たとえ私が敗れてもおぬしらは反撃しようとするな。ただちにこの場を去れ。よいか、分かったな」

鬼歓は土屋家の家臣と門弟たちに向かって大声を放った。

低い呻くような声が暗がりから漏れた。

「分かったな」

鬼歓は声を張り上げた。夜の中の奥深くにその声は浸透していった。

「はい」

練兵館の門弟の間から、返事が夜の中にあがり、黒い塊となって地表に落ちた。

和三郎は傍にいる竜馬と九十九長太夫、吉井と水ノ助を見回した。みな黙って和三郎の眼《め》を見つめ返した。

離れたところに佇む倉前秀之進や逸見弥平次の姿も、月明かりの中に見える。

「鬼歓は二年前、千葉栄次郎《えいじろう》と三番勝負をして、三本とも取られて負けたと聞いちょる。小天狗《こてんぐ》に力技は通用せざったのじゃ」

不意に竜馬が呟くように囁いた。千葉栄次郎は千葉周作《しゅうさく》の倅《せがれ》である。今や、玄武館《げんぶかん》を背負って立っている。

「鬼歓、恐るるに足らん。ええか岡和三郎、生き抜け。どんな無様な格好でもえいき、勝て。真剣ならおんしの勝ちじゃき」

竜馬の励ましの声が耳の奥に浸透してきた。

（その通りだ、真剣なら、勝つ）

江戸に来るまでには、何度も修羅場に出会《でく》わした。待ち伏せにも遭った。忍者にも狙われた。山賊どもを箱根《はこね》の山寺で打ち倒した。刀が曲がるほど人を斬った。つい先ほどは大川平兵衛と真っ向から果たし合いをして勝った。

道場剣術では得ることのできない血みどろの経験を積んだ。

和三郎は静かに前に進んだ。思い浮かぶ言葉は、最早《もはや》、何もなかった。

鬼歓が両足を八の字に開き、腰を落とした。長い木刀の切っ先は和三郎の眉間に向けられている。一刀流ではそれを平正眼《ひらせいがん》というが、念流では上段の構えとしている。

一年前に武田道場で立ち合った念流の門弟は、右の拳を極端に突き出して、自らの中心線から二寸はずして構えた。それでいて竹刀《しない》の先が眉間をとらえてはずさないので、和三郎は進退きわまった状況に陥った。それは防御も完璧で、敵の不意を突いて真っ向から攻めてくる攻撃的な剣術であった。

かろうじて勝ちを収めることができたのは、和三郎の正眼を崩して頭上に打ち込んできた相手の竹刀を、横にかざして受け、逆胴を叩き込むことができたからである。竹刀を横にかざして受けたのは初めての経験だった。その時点で一刀流の剣技は破られたと感じた。

それから無念流について研究した。無念流にはいくつかの剣技があるが、その心得は「目付け」である。

一刀流では敵の眼中に太刀先を向けろと教えられたが、それでも和三郎は相手への目付けを、自分なりに工夫を凝らして相手の左目に当てて稽古を積んだ。相手側からすれば、自分の右目に敵の切っ先が向けられていることになる。

無念流の目付けの奥義は「観見《かんけん》の心持ち」であるという。「眼を瞬き、心に見る心」というもので、心が大事だといっている。

それを聞いて武田道場の者は一笑にふしたが、和三郎は心を「目付け」と同等の「心付け」ととらえて、これは奥が深いと感心したことがある。

いま、その無念流の「心付け」をさらに一歩進めた、斎藤派無念流の最強の後継者が眼前に佇んでいる。

その構えは、以前会った念流ほど極端な八の字はとらず、むしろ一刀流に近い足幅だった。それだけに不気味さが地鳴りをたてて押し寄せてくる。

「カーッ！」

いきなり鬼歓の口から裂帛《れっぱく》の気合が吐き出された。雷が落ちたかと思った。和三郎はその激烈な気合をそっと呑《の》み込んだ。斎藤派神道無念流の「心付け」の一端を胃の中に納めたのである。少し落ち着いた。

間合いは六尺五寸（約二メートル）に入った。互いの爪先がそれだけの間隔があるということなのである。そこが間合いの際《きわ》であることを和三郎は感じた。魔合いである。

和三郎の木刀の長さは三尺八寸である。だが鬼歓の木刀は彼の大柄な体軀《たいく》に合わせたものか、それより一寸ほど長い。それだけ、鬼歓の間合いは広くとれる。先《せん》を取るのが和三郎より早くなり、有利になる。

だが、勝負は駆け引きだけではない。胆力である。

和三郎は丹田に気力を込めた。

鬼歓がその遠い間合いから、ためらうことなく前進した。その巨木のような体の上に木刀の切っ先が掲げられた。それも一瞬だった。

上段から振り下ろされた木刀は、和三郎の構えを崩すなり、鋭い突きとなって突進してきた。

和三郎はそれより速く、敵の呼吸をとらえて水月めがけて打ち込んでいた。だが、切っ先がとらえたのは虚空だった。首筋に敵の切っ先がかすった。和三郎は体勢を崩して前のめりになった。

間髪をいれず二の太刀がきた。かろうじて首をひねってよけた。鬼歓相手に剣術ができたのはそこまでだった。

鬼歓の木刀の柄尻が、真上から落ちてきて和三郎の脳天を砕いた。そのまま尻餅をついた。腰骨が太く重たい鉄柱で打ち抜かれたようだった。

突風のような木刀が頭上に降りかかってきた。たまらず和三郎は横転した。そうしながら、

(これは駄目だ。まるで歯が立たない)

胸が悲鳴をあげた。

ぐさりと耳元で土を掘る音がした。鬼歓の木刀は的確に敵の動きをとらえていた。しかもわずかの容赦もない。

和三郎はただただ横転した。手にしていたはずの木刀はすでに指から離れている。真上に、月を背にした巨大な人影が立ち塞がってきた。

（南無！）

無意識に和三郎の左腕が伸び、斬られた侍が落とした剣を摑んだ。

八文字の腰を割った足さばきから、敵の剛剣が振り下ろされた。

その刹那、和三郎は反転して左腕を返した。切っ先が敵の陰茎から左足の股にかけて走った。

眼前にあった巨体が、巨木が倒れるように地に落ちた。

激痛が右腕に走った。ほぼ同時に鬼歓の木刀が和三郎の右腕を打ち砕いていたのである。

「岡、和三郎、無事か、死ぬな！」

そう叫ぶ子供の声が夜空にこだました。

大地に倒れている和三郎の胸に細い体がすがってきた。

「直俊君……」

和三郎は右腕で少年を抱きかかえようとした。だが腕も体ももう動かなくなっていた。

「生きておるのか和三郎。死ぬな、死ぬな」

涙声が響いた。周囲は静寂に染まっている。和三郎は指先で少年の頰に伝った涙を拭った。

「大丈夫です、直俊君。和三郎は死にません」

和三郎は剣先を地面に立て、なんとか起き上がろうと歯を食いしばった。だが体は粉々になって、その骨は地面にばら撒かれたようになっている。

「岡和三郎、わらわは直俊君ではない。あの者がいった通り影武者じゃ。わらわのために死んではならん」

少年が和三郎の胸にすがって嗚咽《おえつ》した。和三郎は夜空を仰いで呟いた。

「あなたは直俊君です。かけがえのないお方なのです」

うらも影武者だ、と和三郎は思った。胸を揺する小さな手がいとおしかった。しかし、もう自分に残された力はないと自嘲していた。悔しさも湧かなかった。

「岡和三郎、よくやった。見事じゃった」

黒い影がすぐ傍に蹲《うずくま》った。竜馬の頑丈な肉体が、ボロ屑《くず》の上体を起き上がらせてくれた。和三郎は必死で剣の切っ先を地面に突き立てた。

それから両膝で這った。そこに鬼歓の姿があった。

「斎藤様、参りました」

最早使い物にならなくなった右腕の痛みをこらえて、和三郎は片膝をついている鬼歓の前に片手をついた。その周囲に門弟らしい侍が五、六名、身構えて刀の鍔元に指をかけている。すでに抜刀している者もいた。

「いや、負けたのは私だ。肩を貸してくれぬか」

門弟のひとりが鬼歓の前に蹲《つくば》って肩を差し出した。しかし鬼歓がとらえたのは和三郎の肩だった。鬼歓の大きな掌が肩を摑んだ。

だが、和三郎は立ち上がることもできず、ただ歯を食いしばって、体中を走る激痛をこらえていた。

起き上がると鬼歓は周囲にいる門弟たちを見下ろした。それから土屋家の侍の待つ暗い彼方に足を引きずって歩きだした。

「歓之助様」

「やつは真剣を取りました。卑怯なやつです」

「我らが斬ります」

そう門弟たちが口々に喚いた。

「ならぬ。尋常なる試合に復讐など無用」

鬼歓の鋭いその一言で、門弟たちは押し黙った。叫び声があがったのはその後である。

「おのおの方、何をしておるのじゃ。今じゃ、敵を討つのじゃ。四千両を奪い返すのじゃ」

それまで闇の底で潜んでいた田川源三郎が、家臣を押しのけて飛び出してくるなり、剣を高く掲げて奇声をあげた。

浪人たちの一部の者の影が動いた。だが、他の袴をつけた家臣に、田川の命令を聞く様子はなくなっていた。

「何をためらっておるのじゃ。直俊と称するわっぱの首をはねるのじゃ。やつは本物の若様ではない。影武者じゃ。首を斬って四千両を取り戻すのじゃ」

自軍に向かって鼓舞を振るった。その田川源三郎の前に片足をひきずって進み出たのは、斎藤歓之助であった。

夜目にも鮮やかな突きが田川源三郎の喉を襲った。

白刃を月に向けて高く掲げていた田川の体は、黒い影となって二間も後ろに飛び退《すさ》ると、音もたてずに落下し、ボロ屑のように地面に散った。

「これで始末がついた。我らは退却する。まだ襲ってくる者があれば、大砲をぶちかましてやるがよい。岡和三郎か。生涯忘れぬぞ。この借りはきっといつか返す」

鬼歓はそういって笑った。白い歯が暗闇の中で光った。

片足を引き摺《ず》った鬼歓の姿が門弟たちと共に暗闇に消えていくと、残った者たちも幽霊のようになって去り出した。倒れている浪人たちも、生きている者は同じ浪人から肩を抱かれ、死んでいる者は小者《こもの》に運び出された。夜の川から倦《う》んだような霧が斜めに伸びてきて野原を覆った。

全ての浪人たちの姿がなくなると、暗い地面に血反吐《ちへど》を吹いて倒れている一人の老人の姿が取り残された。

まるで吉良上野介義央《きらこうずけのすけよしひさ》だなと和三郎は思った。いっときは気高さを抱いた者のはずだが、それは愚かな夢と、権力復権の欲望のために死に華となって潰《つい》えた。

右腕を失った和三郎の目に映ったのは、煙のような薄雲がかかっている丸くて涙ぐんだような淡い月だった。

第二章　ひとときの反撃

一

戦いの翌朝、和三郎は医師石井峯庵《いしいほうあん》の手当を受けた後、深い眠りについた。砕かれた右腕には添え木が当てられ、麻酔が薄れると激痛に襲われた。

その度にうねに痛み止めの薬を与えられ、再び眠りに落ちた。

九十九長太夫がみなに、今夜、土屋家に雇われた刺客どもが暗躍するとでも演説をぶったのだろう。たまげて早々に逃げ出す、と誰もが思うだろうが、生死を切り抜けた僚友はそうではなかった。

逆に剛勇を掻《か》き立てられたようで、まずは敵情を探りに四散したという。坂本竜馬や瀬良《せら》水ノ助、それにいまや同志となった吉井、それに三十両で雇われた九十九長太夫もすぐには逃亡せずに、あちこち嗅ぎまわって情報集めに奔走したようだ。

水ノ助は本来は家老の姿さえ拝むことのできない身分であったが、早朝から昌平橋《しょうへいばし》を渡って江戸藩邸に出向き、隠密裏《おんみつり》に家老の黒田甚之助と面会することに成功した。

そこで番頭《ばんがしら》の中越呉一郎が中心となって刺客を雇い、家老の命を狙っていることを伝えた。

家老の黒田甚之助は、すでに身辺を家臣十数名に護衛させ、いつでも刺客どもを迎え撃つ準備ができていると答えたという。

「岡は如何《いかが》しておる？」

と尋ねられた水ノ助は、正直に昨夜田川源三郎の一味から襲撃を受けたことを伝え、

「岡様が突然現れた練兵館の斎藤歓之助と果たし合いをしました。傷は負いましたが幸い勝利を収めましたことで、練兵館の門弟はみな身を引きました。黒幕の一人であった田川源三郎は、斎藤歓之助様に打ち据えられて絶命しました」

そう丁寧に答えると黒田は大層驚いたという。

「一体何人で田川らを迎え撃ったのじゃ」

と聞かれて、

「こちらは岡様と千葉道場の坂本竜馬、それに浪人者一人と広島藩の足軽、それにうらだけでございます」

とあっさりと答えたが、それだけでは十分ではないと思い直し、

「あとは花火師、それに漁師が一人。それから広島藩からは砲術家が二名加勢してくれまして、大川に大砲の弾《たま》を一発打ち込みました。相手陣営の隊士は腰を抜かしたようですじゃ」

と答えた。

黒田は、

「大砲……」

と呟《つぶや》いたまま、呆然《ぼうぜん》としてどう反応したらよいのか分からずにいたようだったという。

そういう事柄は、水ノ助から二日後に聞いたのだが、ことに感謝したのは、敵側の情報集めには、広島藩の倉前秀之進や逸見弥平次らも協力してくれたと聞かされたときだ。

家老の今中大学らの藩政に異論を唱え、改革を主張、実行している彼らもまた、身に迫る危険の渦中にあるはずなのに、その友情はありがたかった。

幸いのことに、九十九長太夫が懸念した、土屋家番頭が陣頭指揮を執る刺客どもによる襲撃は起こらず、みなはひとまず和三郎の眠る家に戻り、一太郎を玄関番にして一夜を明かしたという。

直俊君は朝早いうちから広島藩の砲術組らに警護されて、ひとまず下屋敷に戻ったという。その後、下屋敷にいては危険であるので、寺に移ろうという話を下屋敷にいた土屋家の者が相談していたという。

襲撃のあった翌々日の夕暮れ、障子の隙間から入ってくるひんやりとした川風に首筋を撫《な》でられて、和三郎は目を覚ました。もう少し障子を開けようと、傍《そば》に置かれた刀を取って、左腕を伸ばした時、廊下をそっと歩いてくる者がいて、和三郎のいる小部屋を覗《のぞ》いた。

「うねか、障子を開けてくれんか」

そういうと、障子がすべるように開いた。裏庭に迫る葦《あし》の原の向こうに広がる大川は、巨大な龍《りゅう》がもつれ合うような猛々《たけだけ》しい黒い姿を見せている。

遠くの対岸はすでに暗く、大川を渡る屋根船らしい船から漏れる灯《あか》りが、ひとつふたつ灯《とも》っているばかりである。先ほどまで燃え盛っていた夕焼けの名残りが、山の裾野にうっすらと広がり、東側を流れるうねった川の波の歯を、昼の残り火の中で銀色に浮かび上がらせた。

「すまんが、薬を飲ませてくれんか」

　すると、耳元で衣擦《きぬず》れがして、口先が鶴のくちばしのように伸びた薬呑《くすりの》みが、和三郎の唇の脇に差し出された。それを息の続く限り飲んだ。それだけで右腕の激痛が引いたように感じられた。

（しかし、もうこの腕は使い物にならないかもしれん）

　そう思ったとたん波が引くように意識が薄くなった。体がうねった雲の上で横転し、上下に沈んだ。熱があった。噴き出した汗で溺れていくような気がした。遠くへ行った意識は、そのまま黒く燃えたぎった溶岩に包まれた。

　そのまま再び、まる一晩眠った。

　目を覚ましたのもやはり夕刻だった。喉が焼けるように痛んで目を開いたようだった。水をと言おうとしたとき、口に水呑みの吸い口が差し出された。その手つきから女であることは分かった。

「気づいたか」

　そういって部屋に入ってきたのは坂本竜馬だった。ようやく三口の水を飲み終えたが、和三郎は返事をすることができず、そのまま頭を枕に載せた。

「ん、目ん玉は開いちゅーようじゃが、まだ光が戻っちょらんようだ」

それに対して、細い声で女が返事をしたようだが、和三郎には聞こえなかった。

「ではもうちっくとこのままにしちょこう。岡殿、うちらは隣の部屋でいっぱいやっちょる。安心しろ。敵方は畏《おそ》れいって縮まっちょる。なんといっても広島藩が後ろ盾にあると思い込んじょるからな。それに、ことがここまで公になってはうっかり動くこともできんじゃろ」

次に足音がして上から見下ろす者がいた。

「だが、念には念を入れろじゃ。明朝にはいったんここを出るぞ。逸見、大丈夫か」

そう話す倉前秀之進の声が落ちてきた。

「なんの、炭町《すみちょう》までは堀を西へ一刻《いっこく》（約十四分）ほどでいく。つい目と鼻の先だ。舟の用意もできている」

「酒はほどほどにしておかんといかんぞ」

倉前はそういうと、

「あとを頼む」

といって廊下に出た。重い足音が玄関の方に向かっていく。

そこまで耳に届いていたが、右腕を襲ってきた痛みの中で、和三郎は再び意識が遠のいた。水には痛み止めの薬が入っていたのかもしれない。

腹が減って目を覚ましたのは、それから二刻《ふたとき》（約四時間）ほど後の真夜中のことだった。体中が茹《ゆだ》っていた。熱の中で痛みと空腹感が怒ったように体を揺さぶってきた。

「腹減った」

痛い、という叫びよりも、飢餓感が克《か》って、そんなうめき声をあげさせた。

小行灯《こあんどん》の光が部屋の隅にささやかな明かりを灯している。その明かりの中で小さな影が動き、細い体がそっと起き上がってきた。

身構えようとしたが、指先がピクリとも動かなかった。かろうじて左腕の筋力がはかなげに蘇《よみがえ》っただけである。

「誰かそこにいるのか」

暗い天井を見上げて仰向《あおむ》けになったまま和三郎はそう聞いた。

「はい」

そう答えたのは、沙那だった。

「沙那殿か」

「はい」

喜びと心配する思いが同時に胸を浸した。

「越前野山に戻ったのではなかったのか」

「あの夜は、女中頭のお富様のお宅に一晩お世話になりました。野山に帰ることは考えておりません」

花の香りがした。ふるさとの匂いだった。竜胆《りんどう》か。野山の山々に分け入ってよく根こそぎ摘んだ。腹痛に効用があるといわれた。

「襲撃があったことは聞いたか」

「はい。よくぞご無事で……」

「いつここへ来られた？」

「一昨日の朝でございます」

「なぜ、戻られなかった？　命が危ないと申したではないか」

吐息がすぐそばで聞こえた。沙那の息が感じられた。懐かしい香りだった。

「はい。ですが、わたしは和三郎様のおそばを離れることはできません」

「野山に戻れば平穏な生活が待っておる。うらのそばにいては命を粗末にする。ご両親が悲しむぞ」

「ですが……」

沙那は少し涙声になった。呼吸が途絶えた。

「わたしは、あんなゲジゲジのような男を夫にするために、生まれてきたのではありません」

沈黙のあと、沙那は悲鳴のような声を吐き出した。

「いけませぬか」

和三郎の胸の奥深く、その悲痛な声が突き刺さった。

「うらの周りは敵ばかりじゃ」

「でも強いお味方がおられます。みなさん、頼もしいお方です」

うん、と和三郎は頷《うなず》いた。それから霊光が頭を斜めによぎった。

「直俊君《ぎみ》、直俊君はどこにおられるのだ」

「下屋敷の隣の妙源寺《みょうげんじ》におられます。住職様も全てご承知の上で、直俊君をかくまっておいでです。管理をしておられた国分正興様、沼澤様ら、四人のご家来衆もご一緒です」

「すると下屋敷はもぬけの殻というわけだな」

「はい。瀬良水ノ助様が犬を番犬に連れて行こうとしたのですが、ここを動きません」

「一太郎か。どこにおる？」

「玄関でずっと見張りの番をしています。変わった犬だこと」

そこへ真夜中にもかかわらず、どこからか水ノ助が戻ってきて、隣の部屋に顔を出したようだ。

「よく辻番《つじばん》に引っ掛からなかったな」

と逸見のいう声が隣室から聞こえた。あんなもん、ちょろいものやと水ノ助が返事をした。それから襖《ふすま》を開けてひょいと和三郎の寝ている小部屋を覗き込んだ。

「水ノ助か、われはようやってくれたな。もう裏切ったかと思うておったぞ」

「なんということいっておるんや。うらの殿様は今じゃ岡和三郎様じゃ。百両の給金など一生おがめんきな」

水ノ助が傍にきてあぐらをかいた。実際、水ノ助の働きは見事だった。百両分の価値は十分にあった。

「わたしはお粥《かゆ》を作ってまいります」

沙那がそういって席を立った。見送った水ノ助は、「さすが岡様じゃのう、土屋小町をものにしなさったな」と小声でいって忍び笑いを漏らした。

そこで襲撃のあとから今日までの丸三日間のことを、和三郎は水ノ助から聞いたのである。

ほどなくして沙那がお粥を作って部屋に入ってきた。どうやら和三郎が目を覚ましたとき、薬を飲ませてくれたのは沙那だったようだ、とそのとき分かった。うねは仙蔵と共に佃島の実家に戻り、おもんは倉前秀之進のあっせんで昨日からどこぞの料理屋に仲居として潜り込んだという。

粥を食い始めると、それまで別室で密談していた倉前秀之進が、岸九兵衛《きしきゆうべえ》、逸見弥平次、足軽の吉井、それに塚本《つかもと》らを伴って小部屋に入ってきた。四畳半の部屋はいっぺんに男臭い吐息でいっぱいになった。

「明け六ツ（午前六時頃）の前にここを発《た》つ。ここには吉井が留守番役として残る。馬が二頭おるからな。吉井は当分は厩番《うまやばん》だ」

そういったのはここでは頭領格の岸九兵衛だった。

「国許《くにもと》からの上中書がお上の目にも留まり、今中大学ら重役が隠していた十八万両という途方もない借財があることもお上に知れた。あとは藩政改革だが、斉粛《なりたか》様ではもうもたない。今中大学らに籠絡されすぎた。家老の浅野忠《ただし》殿、黒田図《くろだず》書《しょ》殿らの提出した建白書にも右往左往するばかりだ」

「しかし、黒船来航で混乱する今こそ、藩政改革の機会であることは間違いない」

逸見の言葉は過激である。

「長訓《ながみち》様が執権を持たれれば、我ら家臣が粉骨砕身、倹約にこれ努めて破綻した藩財政の立て直しを図ることができる」

倉前は慎重にそういった。そうだ、といったのは岸九兵衛である。岸の兄、辻維岳《いがく》は国家老として民が困窮する様をよく見ている。

「賢君の誉れ高い長訓様が政《まつりごと》をすることがまずは肝要じゃ。その日のために我らは奔走してきた。だが、それまでに権力を保持する保守派の重役どもをどれだけ駆逐できるかだ」

「大砲が我らの手の内にあることを知って、江戸にいる老獪《ろうかい》な重役どもも仰天しておる。試射とはいえ、あの大砲は効いた」

そういって、わははと笑ったのは倉前である。

和三郎は左手を使っていそいで粥を食いながら、彼らの話を聞いている。先夜の襲撃を勝ち抜くことができたのは、広島藩の彼らの支援があったからである。

それをどのように礼をいうべきか食いながら考えていると、岡殿、と逸見から声がかけられた。

「おぬしは中村一心斎殿の道場に移られたらよい。そこでしばらく身を潜めて傷を癒すのだ」

そこで和三郎はお椀《わん》から顔を上げた。

「中村一心斎先生の道場が分かったのですか」

逸見は、道場の場所はすぐ分かるだろうといっていたが、その後連絡がなかったのである。

「やっと見つけた。おぬしのいうた通り八丁堀《はっちょうぼり》にあった。だが、そこは炭町の一角にある町家でな。以前は炭屋であったらしい。道場の看板も出ておらんので、探し出すのに苦労した。だが、炭町の炭屋とは中村一心斎殿もしゃれがきつい」

和三郎は粥を平らげると、すぐに横になった。添え木をしてある右腕がちぎれるほどに痛みだしたのである。

「そこは白魚橋《しらうおばし》際の神社の裏でな、おれらが見つけたときは、近所にたむろする無宿者の巣窟になっておった。空き家だと見越していたのだ。博打《ばくち》などもやっていたようだ。それで五、六人で出向いて連中を叩《たた》き出した」

「そうでしたか。中村一心斎殿のあとを継ぐ方はおられませんでしたか」

「いや、昨年までは大河内幸経《おおこうちゆきつね》と安吉《やすきち》という者が道場を守っていたが、何かあったのだろう。いつの間にか姿を消していたそうだ。それはそうと、明日からは我らもそこを隠れ家とするがよいか」

「はい」

そう返事をしたが、家主は中村一心斎殿である。江戸に戻ってきたとき、どう弁明したらよいのかと考えた。

「町家といっても土間は広い。天井は低いが二階もある。昨日から大工が入っている。先に土間を板張りにして片付けたから、そこでとりあえず寝起きはできる。弟子のおぬしの部屋は奥に六畳間をとってある」

それにだ、といったのは倉前秀之進である。

「わしらが探索したところ、筋違橋門内の土屋家は妙に静まり返っておってな。おぬしが心配しておった黒田という家老もつつがなく暮らしておる。というより、岡殿がやつらをやっつけたので、相当用心して様子を窺《うかが》っているようなのじゃ」

おかしなことに、と倉前は続けた。

「九十九長太夫から聞いたが、番頭が集めたという刺客どもも、仲間が相当やられて腰が引けておるらしい。手当も安いと浪人どもは不平を漏らしておるらしい。

九十九殿はまだやつらとつながりを持っているようでな、内情がよく分かる。連中は刺客集めには相当苦労しているようじゃ」

そういえば九十九長太夫はどうしたのだろうという思いが浮かんだが、和三郎はもう口を開くのも大儀になっていた。

「ま、お家がお取り潰しになっては元も子もないからの。それから影武者ではない本物の直俊君のことじゃが、土屋家の屋敷から神田川《かんだがわ》を渡った下谷御成《したやおなり》街道沿いの堀出雲守《いずものかみ》の上屋敷におるらしい。こちらは土屋家といえども容易には手を出せん」

からからと倉前は笑ったようだが、腹もくちた和三郎は痛みの中でもう眠っていた。

二

季節は晩秋から初冬になっていた。十月も十日を過ぎると、急に木枯らしの音が気になるようになった。

あの嵐のような襲撃の夜からすでにひと月半が過ぎている。和三郎の右腕は完全に治癒してはいないが、鬼歓の木刀は骨を粉砕するほど和三郎を痛めつけたものではなかったようだ。痛みこそあれ、昨今では、道場に出て素振りをしたり、弟子入りを望む旗本の子弟や町人相手に、打ち込み稽古の受け手をするくらいはできるようになった。

中村一心斎殿の残した道場の床の広さは十二畳ほどだったが、道場としては十分な広さだった。千葉周作が一番最初に弟子を募ったのはまだ無名の頃で、道場も長屋の一間を当てていたという。

それは坂本竜馬が教えてくれたことだが、千葉周作の弟の定吉《さだきち》道場に通っている竜馬は、中屋敷までの帰り道とあって、毎日のように八丁堀炭町の中村道場にやってくる。

そこで夕刻から夜にかけて、料理屋からこちらに移ってきたおもんの作った手料理や、うねが持ち込む鱈《たら》を刺身にして酒を飲んでいる。

とにかくご機嫌な男である。

「やっぱり江戸には美人が多いのう。方々からええ女が集まってきちょるからのう、たまらんのう。それに比べりゃ京は不美人ばっかりじゃ。東男《あずまおとこ》に京女などというちょるものもおるが、それは美女のおらん田舎《いなか》モンのいうことじゃ。儂《わし》は百人の京女と遭《お》うたがひとりも美人はおらんかった。ひとりもじゃぞ。女は江戸か土佐に限るぜよ。な、おもんさん。あ、おもんさんは広島じゃったな。おもんさんは特別じゃ」

そんな戯言《ざれごと》をいっておもんを笑わせたり、丸々と肥えたうねを怒らせたりする。それでも日に一度は顔を出す沙那と出会うと、妙に礼儀正しくなり、ときには岡殿のお内儀、といって沙那を狼狽《ろうばい》させたりする。

「わたしはまだお内儀と呼ばれる身分ではありません」

そう沙那は否定する。

竜馬は今日もやってきた。時刻は七ツ（午後四時頃）過ぎで酒を飲むには丁度よい刻限である。それにどうやら築地《つきじ》の中屋敷には上士《じょうし》の武士が多くいて、郷士《ごうし》の竜馬は酒を飲んでくつろぐ気にはなれないらしい。

「土佐では上士は郷士を道端で無礼討ちにしてもよいのじゃ」

そういったときだけ、竜馬の細い目が黒く光った。闇を見つめる侍の冷徹な瞳だった。

だが、今日は上機嫌で酒の肴《さかな》を運んできた沙那と和三郎を見比べていた。

「お内儀はげにええ女じゃのう。見とれてしまうぞ。和三郎のどこに惚《ほ》れたんかの」

「坂本様、お内儀というのはおやめ下さい」

「けんどもうデキちゅうんじゃろ。ほいたらお内儀やないか」

とごく当たり前の表情で竜馬はいった。そのときは竜馬はまだ酒をそれほど飲んではいなかったので、隣で飯を食っていた和三郎は大いにあわてた。飯を喉に詰まらせるということが、実際に起こりうることも初めて経験した。

沙那が台所に引っ込むと、

「おまんら夫婦やないのか」

と竜馬は呆《あき》れ顔で尋ねてきた。

「違う」

「ならなんや」

「沙那殿は許婚《いいなずけ》だと思っておるらしいが、うらは違うと思っておる」

「許嫁だと思っちょらんのか。では妾《めかけ》か」

心から不思議そうな表情でそう聞かれて和三郎は返答に窮した。

「なんという言い方をするんや。妾などと不謹慎や。うらたちはほんなんでねえ。前にもいうたやろ。沙那さんは闇討ちにあった兄弟子の妹御で、わしはその仇討《かたきう》ちの助勢をお年寄り様からおおしぇつかって、脱藩ちゅう形をとって江戸に派遣されたのじゃとな。ほんなたやろ」

竜馬に対しては、水ノ助と同じようにお国言葉がつい飛び出してしまう。

「おお、いった。その刺客も浜松でおぬしが斬るのを儂もみちょる。だが、なんでおぬしは許嫁やない言い張るんや。沙那さんが可哀想《かわいそう》やないか」

そう理詰めにこられると和三郎も答えに窮する。

「つまり、そのなんや……ええっと、うらの身分は部屋住みでな、嫁など持てる身分でねえんや、じゃから……」

「では儂が手を出してもええんじゃな」

「手を出す?」

「いや、足かの、三本目の足じゃ。それを沙那さんに出してもよい……」

「ええわけないやろ!」

飯を食う手を止めて、和三郎はそのときばかりは語気を強めた。何事かと飛んできたのは、丁度外から戻ってきたばかりのおもんだった。今日は比丘尼《びくに》の装いをしているので、妙にあでやかだった。

「おや、大声が聞こえましたが、どうしましたのさ」

「いや、竜馬が妙なことをいうので」

「妙なことやなか。和三郎が沙那さんは許嫁じゃなかというき、では儂が名乗りをあげようかというたまでじゃ。儂は郷士の弟つう身分じゃが兄は金を持っちょる。妻《めと》を娶ってても叱る者はおらん」

まともな顔つきでそう語るので、ときたま本気だか冗談だか分からないときがある。だが、今日ばかりは和三郎ははっきりと断言した。

「仇討ちを果たし終えたら、助太刀《すけだち》役のうらを伴《ともの》うて野山に帰ってこいと、沙那さんは兄の上役じゃった馬廻《うままわ》り組頭の工藤《くどう》ちゅう者からいわれて江戸に来たのじゃ」

「では許嫁というわけではなかったのですか」

とおもんが聞いた。

「少のうともうらは知らんかった。だが、野山に戻れば、うらは沙那さんの原口家へ婿入りをすることになっとったそうや。そうしたら沙那さんの家は存続できる。沙那さんはそう言い含められたようだ」

「ほう、そんな事情があったのか。そんじゃったら、和三郎殿と沙那さんは、子供の頃から縁組ができちょったわけじゃないんじゃのう」

竜馬は改めて納得したようだった。

「野山におった頃は沙那さんとはまともに顔を合わしぇたこともなかったんや。江戸に入ると高輪《たかなわ》の大木戸で沙那さんから声をかけられて初めて話をしたんや」

「えっ？　高輪で沙那さんが岡さんを待ち伏せしていたというの？」

「待ち伏しぇちゅうほどぶっそうなもんでねえが、偶然ちゅうか、沙那さんはその前の日に江戸に着いたばかりやったそうや」

考えてみれば、あれほど都合よく出会うことができたのは天の配剤があったからではなかったのか、と和三郎は思い出していた。

それに江戸における全ての試練はあの出会いの日から始まっていた。

「沙那さんはうらのことなど何も知らんかったはずじゃ。ただ、組頭の命じるままに旅に出されたんじゃ。兄に代わって家を継ぐ者がいると聞かされとったんやろ。切米《きりまい》四十俵でも野山におりさえしたら、細々とやっていける。沙那さんはその犠牲にされたんじゃ。うらなんかのために、こんな事件に巻き込んでもて、ほんとに申し訳ないと思うておるんや」

和三郎は項垂《うなだ》れた。

竜馬は自分で徳利《とっくり》から酒を茶碗《ちゃわん》に注《つ》ぎ、蛸《たこ》の酢漬けを食った。そうしながら、うんうんと唸《うな》っている。

「組頭は謀反を企《たくら》む者たちに通じとる。そうらは睨《にら》んでおる。ほやさけー、野山にうらを連れて帰れと命じたんや。うらを味方につけるつもりでおったのじゃろが、そうはいかん。旅の間にうらが誰かの囮《おとり》となって狙われてると思うとったし、敵もそのつもりでうらをつけ回しとったはずじゃ」

「おお、浜松で斬ったあの男が狙っておったんじゃな」

「そうや。じゃが、飯塚《いいづか》ちゅう刺客も、うらが敵の目を欺くための単なる囮ではなく、実はうら自身が、誰かの影武者となっておるとは知らんかったはずや」

そういうと竜馬の眉間に深い皺《しわ》が立った。

「おんしが影武者やと。一体誰の影武者なんや。影武者になるっつうことは、相当な身分あるお方の代わりを務めるちゅうことじゃきにな。誰じゃ」

「はっきりとは分からんが、同じ道場の兄弟子で師範の大石小十郎というお方だと推察しておるんや」

「そんな大事な男か」

「大石さんは直俊君をお守りしておる。いつからかはうらも知らんが、もしかしたら直俊君はずっと野山におったのかもしれん。江戸に来たのは将軍家へのお目見えのためじゃ」

「なるほど。将軍が代わったきな。それで土屋家の跡継ぎとして正式に認められるきな。そのお守《も》り役の影武者か。やけんど、なんかすっきりせんな。そがな腕前を持つ男なら影武者など無用のはずじゃろ」

さすが竜馬は鋭いところを突いてくる。

和三郎は正直に、それまで考えていたことを口にすることにした。そこまで結論づけて考える時間はたっぷりとあった。

「大石さんではなかったとしたら、もう一人は、多分兄者じゃ」

「兄者だと。おんしの兄か」

竜馬は目を剝《む》いた。大きな瞳が濡《ぬ》れている。巨大な鯰《なまず》に睨まれている気がした。

「それってどういうこと？　ねえ、岡さん、あんたの兄さんって何者なの」

おもんは深い疑問の淵《ふち》に佇《たたず》んだかのように、眉間に細かい皺を寄せて顔を向けてきた。

「実はこのことは倉前さんにも、それから沙那さんにもいってはおらんのやが」

「沙那さんも知らんことか」

今度は大きな黒子《ほくろ》が和三郎を見つめている。

「で、おんしが影武者となった兄とはどこの誰や？　土屋家に仕える小納戸役《こなんどやく》の兄とは別の兄か」

和三郎は頷いた。

「別の兄だ。このお方は現土屋家の藩主忠直様の従兄弟《いとこ》にあたる人だ」

「藩主の従兄弟って、岡さん、そういうあなたもそういうことになるんじゃないの」

おもんが悲鳴を押し殺して呟いた。その細い唇がわずかに震えている。

「そうなるかの。じゃが、兄は本妻の子で、うらは脇腹の子だ。藩主とは無縁の存在だ」

「そうはいっても土屋家の血筋には変わりないやろ。そうか、それで冷や飯食いのおんしを、今のうちに殺《や》ってしまおうと狙う者がおったのか」

「兄の影武者としてな、狙われたのだ。兄は越後椎谷藩の堀出雲守の養子となったのだが、藩を継ぐことはなかった。たかが一万石の貧乏藩の藩主になるより、半分の五千石を先々代から受け継いで、呑気《のんき》に過ごす道を選んだようや。実はその堀唯之介といわれる兄者とは、うらもまだ逢《お》うてはおらん」

そういうと、先ほどから考え深げにしていたおもんが、ふと思いついたように口を開いた。

「では兄の影武者とされたということは、その唯之介という兄さんは、いずれ藩主につくということなのですか」

「いや、そうではない。兄の唯之介はずっと風流に生きているお方のようだ。この兄のことは例の田川源三郎から聞き及んだことでな。直俊君はこの兄が暮らす屋敷に匿《かくま》われておるのだ。そこには大石小十郎さんも一緒におる」

うーん、といって伸びをしたのは竜馬である。

「お家騒動には違いないが、外国から夷狄《いてき》がやってくるこのご時世に悠長な話じゃな。政《まつりごと》とはそがなものかもしれんが、もちっと広う世間を見いでいかんじゃろな。儂ももっと勉強せないかん」

そういうと茶碗に入れた酒を一口で飲み干した。

「じゃがそんな事情なら謀反を企てちょる前藩主もそれに与《くみ》する者たちも、容易には動けまい。今のご時世、将軍家だとて安閑とはしちょられんぞ。魯西亜《ロシア》がついに長崎にやってきたし、幕府もあわてて阿蘭陀《オランダ》に軍艦を注文しおった」

「そうか」

「そうじゃ。大砲ばっかりか鉄砲も注文しちょる。幕府の御金蔵はもう空になっちょらせんかと皆噂《うわさ》しちょる。そこで儂は佐久間象山《さくましょうざん》先生に弟子入りした」

えっと驚いたのは和三郎の方である。こやついつの間に、という思いが走った。鯰のくせに油断がならないやつである。

「佐久間象山先生の門下生になったというわけか」

「ま、まだ正式に許されてはおらんけにな。仮入門じゃ」

和三郎はただただ驚き感心していた。そこへつつましやかな足音がして沙那が顔をのぞかせた。そろそろいとまをするというのである。

「そうか。では直俊君を頼む」

「はい」

そういって沙那は潤いのある黒い瞳で和三郎を見つめた。何か目配せをしたようだったが、和三郎はただ頷いて頭を下げた。

「ひとりで帰していいの？」

おもんが片膝を立てながら聞いた。

「直俊君は寺を出て、もう下屋敷に戻って以前通りの暮らしをされておる。沙那殿は台所役だが、それほど縛られることもないようや。ここいらは賑《にぎ》やかなところだから、娘ひとりで出歩いても心配はないやろ」

和三郎はそういったが、おもんは立ち上がると玄関まで急いだ。かつて土間になっていたところには大工の手が入って、今は板張りになっている。そこには広島藩の者たちが勝手に出入りして使っている。

沙那を見送るついでに、おもんは倉前秀之進のことが心配で迎えに出たようだ。

和三郎は、そうか佐久間象山先生か、と呟きながら、居間の窓から外を透かし見ている。江戸は暗くなっても生き生きとしている。静寂の中で、堀を流れる川の波音と櫓《ろ》を漕《こ》ぐ音が流れてくる。

三

一日置いた十月十七日は朝から雲ひとつない晴天となった。そよぐ風も小春日和のような香りを運んでくる。

和三郎は越前野山にいた頃と同じように、まだ夜の明ける前に起き出し、冷水を浴び、荒縄で体をゴシゴシと摩擦すると、道場に立ち、木刀でまず千回の素振りをした。それから真剣で居合を百本抜いた。これは呼吸法が大切で、それが剣術の基本だと武田甚介先生から教わった。

ただ、国許からずっと携えてきた真剣は、いくら名人の研ぎ師に研いでもらっても、最早《もはや》使い物にならなくなっていた。刃《やいば》の部分、いわゆる刀先が人の血を吸いすぎたため、鋸《のこぎり》のように毛羽立っていたのである。

浪人から奪い取った刀があったが、それは鞘《さや》に納まったものではなかったので使う気にはなれず、江戸には詳しい逸見弥平次が紹介してくれた刀屋にいって二十五両で新刀を誂《あつら》えた。無銘の刀だったが、その無骨な造りが和三郎の気に入った。

その新刀で居合抜きをしたあと、息が整うのを待って槍《やり》を鴨居《かもい》から取り、三百本打った。

そのあとは庭に出て、二十貫目（約七十五キログラム）の岩石を抱いて腰に溜《た》めた。それをもう持てないと自分で音を上げるまで何度となく持ち上げた。素溜めは砲術に備えてのものである。

それを終えると、うねがやってきた。今でも広島藩の者たちのために炊事洗濯など水仕事一切をやっている。うねは和三郎のためにまず朝飯を作ってくれた。元土間になっていた床には、七名の広島藩の家来衆が寝ていた。みな岸や倉前、逸見らの手先となって動いている江戸在府のひとり者たちである。

「岡殿、町に出られるのか」

「珍しいことですな」

そういわれて和三郎は頭をかいた。実は日本橋《にほんばし》南の一番賑わったところにいながら、和三郎は江戸の町を見物したことがなかったのである。考えてみれば、六月末に江戸に入ってからというもの、ほとんどの時は畳の上で肌着を着たまま養生していたか、搔巻《かいまき》にくるまって熱に浮かされて痛みに耐えていたのである。

他の時は果たし合いに費やされた。和三郎にとっての江戸修行は、真剣をとっての命がけの実戦であった。今日もそうなるかもしれない。

「荒井町《あらいちょう》の下屋敷まで行ってきます」

そういうと、手を打つ者がいた。

「沙那さんとお会いになるのですな。いやあ実に羨ましい」

「沙那さんが町娘なら江戸小町と評判を取ること必定ですな」

そう冷やかされて、和三郎は首筋に汗をかいた。

脇差《わきざし》だけを差して、着流しのまま、和三郎は八丁堀炭町の道場を出た。まず江戸城を西に見ながら、本材木町《ほんざいもくちょう》の通りを北に半里ほど歩いた。蔵のある町家もあるが、ほとんどがなんらかの商売をしている店か問屋場《といやば》か職人の働く処《ところ》で、八丁目から一丁目まで建ち並んでいる。丁番地が変わるたびに、町の呼び名も変わり、南塗師町《みなみぬしちょう》だの福島町《ふくしまちょう》だのと出てくる。小槌《こづち》を打つ音もどこからか聞こえて来る。桶屋《おけや》か樽《たる》を作る町があるようだった。

とにかくどこまで行っても家並みが途切れることがない。越前野山だと町を出るとすぐに畑だの雑木林だのが現れる。雪が畑一面を白く覆い尽くす風景をみて、風流である、とうそぶく俳人らしき者もいるが、あいつらはアホじゃと和三郎は思っていた。雪の下の土は、凍りついて使いものにならなくなっているだけなのである。

賑やかな江戸の町を大股に歩いて江戸橋《えどばし》が見えるところまできて、和三郎は方角を東にとった。本材木町一丁目にかかる海賊橋《かいぞくばし》を渡るためである。そのまま江戸橋を北に行けば、坂本竜馬が通っている新材木町の千葉定吉の道場に出ることも分かっていたが、竜馬の稽古を見学するより、まず土屋家中屋敷の様子を見る予定でいたのである。

そこは藩主土屋忠直様の奥方が住まいする処であり、世嗣《せいし》直俊君を亡き者にしようとする敵方のもうひとつの巣窟であることには変わりがない。気楽にひとりで視察する場所ではなかったが、いざとなれば逃げれば良いという計算も働いていた。隣家の久世大和守《くぜやまとのかみ》の下屋敷の塀を越えるか、裏門まで走って船蔵に逃げ込んでしまえばよい。真昼間から襲われるとは向こうも思ってはいまい。それに田川源三郎のあとを継いだ者がどれほどの悪党か興味があった。

脇差に左手を添えて、ゆるやかに湾曲している海賊橋を渡った。

すると背後で子供の泣き声が聞こえた。何気なく立ち止まって振り返った。

子供は犬を見て泣いていたのである。

「お、一太郎ではないか。おまえいつの間についてきたのだ」

一太郎は首に巻いてある荒縄を引きずっている。和三郎が振り返ったので、大喜びで尾を振って着物の裾にじゃれついてきた。

仕方なく和三郎は荒縄を拾いあげて手に取った。子供はもう泣き止《や》んで犬と浪人姿の取り合わせに目を奪われている。子供に付き添っていた小僧があわてて和三郎にあやまった。

「いや、悪いのはこっちだ。この子を驚かせてしまったようだ」

ここでは江戸弁を使ってみせた。小僧は恐れ入った様子で子供の手を引いて橋を慎重に下りていった。

一太郎を引いたまま大川の方に向かって歩くと、一刻ほどで湊橋に出た。そこを渡るとすぐに大和守の下屋敷が現れて、その隣の屋敷が土屋家の中屋敷になる。

ここに来るのは襲撃のあった夜以来だからほぼひと月半ぶりである。

門は固く閉ざされている。

和三郎は門番が詰めている門番小屋を外から叩いた。

「なんだ」

と中年の門番が小窓を開けて、外に佇んでいる和三郎を睨んだ。

「田川源三郎がくたばった後、ここは誰が取り仕切っておるのだ」

そう聞くと、門番は目玉を剝き出しにして唇を蛸のように突き出した。

「なんだ、おまえは」

「いいのか、そんな偉そうな口をきいて」

「誰だ、おまえは」

「おれか、おれは岡和三郎という者だ」

「岡？　岡和三郎だとな……あっ！　おまえは！　あの、あの、岡……」

「和三郎だ」

「なんと！」

門番は血相を変えた。窓を閉めると内側ではドタバタと何やら騒がしくなっている。

大門の脇の小門の前で斜めに身構えて立っていると、内側から小門が三寸ほど引かれた。中に入ってこいという意味だろうが、和三郎はすぐには入らず、そこに三人ほど人が息を殺して待ち伏せしているのを察すると、やおら一太郎の荒縄をほどいて中に放り込んだ。

わっ、と叫び声があがると和三郎はすかさず飛び込み、門番が手にしていた長棒を奪うと、三人の脛《すね》と頭を次々に叩きのめした。コンコンと小気味いい音がたって門番ふたりは昏倒《こんとう》した。

もう一人は門番ではなく中年の侍で、ぬめっとした面をしている。だが、脛を抱えてオエオエと泣いている様子は、阿呆《あほう》の洟垂《はなた》れ小僧がそのまま大人になったようである。

「おい、おぬしの役職は何だ」

「儂は徒士目付《かちめつけ》じゃ。殺さんでおくんね」

「徒士目付じゃと。なんとも情けない目付じゃな」

徒士目付は小役には違いないが、重役である目付の下で働く重要な役職である。

「名は何という」

「菊池《きくち》じゃ。頼むで殺さんでおくんね」

「おぬし、うらを襲撃したときおったな」

「おらん。いやおったがおらん。ずっと後方に控えておったんや」

四十を過ぎたと思われる徒士目付の侍は片手を前に突き出して、防御の体勢をとっている。組屋敷が長屋塀に囲まれているが、中から出てくる者はいない。

「今ここを仕切っているのは誰や」

「深水内蔵助《ふかみくらのすけ》殿じゃ」

「ここへ連れてこい」

「へっ？」

「深水をここに連れてこいというとるんじゃ」

「分かった。あ、痛い。痛くて歩けん」

和三郎は泣き面を見せている侍の左の脛を長棒で打ちすえた。キャンと侍は鳴いた。

「連れてくる。連れてくるで殺さんでおくんね」

侍は刀を杖《つえ》がわりにしてようやく立ち上がると、「おい。おい」と怒鳴って失神している門番の一人を鐺《こじり》でつついて起こした。

「肩を貸せ」

そういうとまだ呆然としている門番の肩に手を置いて、片足を引き摺《ず》って屋敷の奥に入っていった。二人ともよろよろしている。その後ろ姿を見送っていた和三郎は、不意に小走りになって後をつけた。

玄関までようやくたどりついた侍は、中に向かっておいと誰かを呼んだ。すると若党が出てきて「菊池様、どうされました」と聞いた。

「岡和三郎が乗り込んできおった。深水様を呼んでこいといっておる。至急人を集めろ。槍じゃ、槍を持て。囲い込んでみなで突き殺すのじゃ。ぎゃあ！」

菊池と呼ばれた侍は絶叫をあげて気絶した。和三郎が長棒で侍の首筋から右こめかみにかけて、結構本気でぶっ叩いたのである。

若党は屏風《びょうぶ》の前で腰を抜かした。

門番はわっと叫んだ。

「こ、こやつ、菊池様を」

健気《けなげ》にも門番は腰を落として身構えた。

「菊池はもう気絶している。おい、門番、偉そうにいうなと最前申したであろう。門番だとて土屋家の家来じゃ。岡和三郎が出てくるとこうなるのだ」

腹に突きを入れ、返す棒をこめかみに叩き込んだ。不意打ちを食らった門番は頭から血を噴き出すと、玄関に前のめりに倒れた。こいつに家族がいないことを祈るしかないな、と思った。

長棒に罅《ひび》が入っていた。もう使いものにならない。仕方なく和三郎は菊池が腰に差していた差し料を抜いて片手に下げた。鞘の塗りも丁寧で、柄巻《つかまき》は鮫皮《さめがわ》に巻いた平巻きだが、握っただけでそれが実戦用に頑丈に造られているのが分かる。

和三郎は気絶している菊池と、頭から血を流したまま半死の状態になっている門番と、まだ腰を抜かしたまま震えている若党の前で鯉口《こいぐち》を切って、刀身を抜いて空にかざした。

刀身に反りのない二尺三寸の江戸物である。切っ先に鋭い光が集まり、ふくらの静まり返った佇まいがよい。徒士目付には贅沢《ぜいたく》な代物だった。

(こんな木偶《でく》の坊《ぼう》の腰に差されるより、うらの腰に引っ越してこい)

そういったが、和三郎は刀を腰には差さずに右手に持った。

今までの動きで、右腕が大分治癒しているのを感じている。

和三郎は草鞋《わらじ》を履いたまま式台から屏風の間に上がった。腰を抜かして震えている若党を見下ろすと、一太郎の名を呼んだ。犬が上がってきた。

「さ、深水のところへ案内しろ。叫ぶのは勝手だが、そのときはおぬしは死ぬ」

「は、はい」

「早く立て」

若党は弱々しい足取りで廊下を歩いた。まだ、十五、六歳の剣術の稽古もあまりしていそうにない若者である。

座敷の障子は閉ざされていて人の気配はない。

(この奥の建物に忠直様の奥方がおられるのだ)

そう思うと悲哀が胸を浸してきた。通常中屋敷は控え屋敷の性格があり、嫡子や隠居した前藩主が住むもので、現藩主の奥方が住まわれるところではない。

(そんなむごい仕打ちを平気でなされるお方は、たとえ前藩主であろうが許されることではない。謀反人と蔑《さげす》まれても仕方ないことだ)

若党の足が止まった。

「深水様」

そう若党が呼びかけた。書院らしい部屋の中から、うん、という返事らしきものが聞こえた。

四

和三郎は障子を開けると、左手で刀を抜き、座敷の中央で寝そべっていた五十がらみの武士に無言で斬りつけた。

「ぐわっ！」

片腕を斬られた武士の上衣《うわぎ》が破れ、血が噴き出した。

先手を制すれば相手は怯《おび》え、劣勢になる。そのときになって、初めて本気で命がおしくなる。卑怯《ひきょう》とののしられようと、奇襲戦法こそが一番効果的であることを和三郎は実戦で学んできた。

「わっ」

そう叫んだのは若党である。人に助けを求めに行くつもりだったのだろうが、犬に行く手を阻まれて身動きできずにいる。

背後から聞こえる犬の唸り声を耳にしながら、和三郎は刀をもう一度振りかぶった。勿論《もちろん》、こけ威《おど》しである。

「お、おぬしは誰じゃ。この狼藉《ろうぜき》は何事じゃ」

「岡和三郎だ。悪い鬼を成敗しにやってきた」

「ま、待て、あわてるな、儂は何も知らん。痛い、痛い。何も知らんのじゃ」

「まだ何も聞いておらんのに、何も知らんとは怪しいやつじゃ。よいか、今のは挨拶代わりの一手だ。次の一太刀でおぬしは死ぬ。散々悪事を働いてきたのだ、もうこの世に未練はないであろう。ではさらばだ」

「待て、何でも聞いてくれ。何でもいう」

深水内蔵助は横倒れになったまま、掌《てのひら》を和三郎に向けて何やら懇願している体《てい》である。

最初の一手の脅かしが効いた。問答無用で斬りかかることに意義がある。昔の侍のように首級《しるし》を取って手柄を上げようとするとアホくさいばかりの長口上になる。その間に逃げられたり、相手の仲間に横あいから襲いかかられたりしたら元も子もないのである。

「では尋ねる。直俊君を亡き者にしようと画策したのは誰だ」

「そ、そんなことは……」

「忠国様であることは分かっている。おれが聞いているのは江戸での黒幕だ。指揮を執った家老は誰だ」

「そんなものはおらん、そんな」

「おまえも陰謀組の一味だな。それとも奥方の見張り役か」

「知らん」

深水は皺で囲まれた細い目を開いて顎を振り上げた。

和三郎は深水の脇腹に突きを入れた。肋骨《ろっこつ》の数本を砕いたはずである。深水は声も立てられずに失神した。

「おい、若党」

「は、はい」

「障子を閉めて入ってこい」

「は、は」

「一太郎、来い」

呼ばれて一太郎は一跳びで入ってきた。部屋は弁柄《べんがら》塗りである。この派手な色使いはまともなやつの神経ではないな、と初めて和三郎は壁の色に気づいた。

「この爺《じじ》いを起こせ」

「ど、どうやって」

「犬のように顔を舐《な》めるんじゃ」

和三郎の様子をみて、やらなければ殺されるとでも怯えたのだろう。若党は深水の頰を本当に舐めた。

「おまえはアホか」

「え？」

「本気でそんな真似《まね》をするやつがおるか。それじゃ森蘭丸《もりらんまる》じゃ」

それを聞くと若党は赤くなって深水から離れた。和三郎は老人の太腿《ふともも》を刀の切っ先で突き刺した。血が噴き出し、ぴょこんと深水は起き上がった。

「直俊君暗殺を、実際に指揮したのは番頭の中越呉一郎だと分かっている。命じたのは松井か白井か」

「両方じゃ」

観念したのか深水はがっくりと頷いた。

「ちゃんと姓名をいえ」

「松井重房殿と白井貞清殿が画策したのじゃ」

「永田はどうだ、どちらについた」

「永田はもう耄碌《もうろく》しておる。痛い、血止めをしてくれ」

「ダメ。耄碌していたとしても、家老を呼び捨てにするとは深水内蔵助、おぬしも相当の地位にあるな」

すると深水は脇腹を押さえながら首を大きく横に振った。

「儂はもう隠居しておる。儂の命をとっても無駄じゃ」

「隠居する前の地位は何だ」

「わ、儂はしがない側用人《そばようにん》じゃった」

「側用人か。すると今の側用人、井村丈八郎の前か」

「そうじゃ」

「すると、あの婦女子を片っ端から陵辱《りようじよく》した忠国に、ぴったりくっついていたわけだな。家来の女房や娘を、無理やり連れ去って人身御供《ひとみごくう》にしていたのはおまえだな。そのために狼藉を受けて自害した婦女子の数は十名とくだらない」

「胸が苦しい。医者を呼んでくれ」

「つまりおぬしは己の保身のために婦女子を売ったわけだ」

「苦しい。医者じゃ、医者じゃ」

「それより坊主の方が早い」

和三郎の刀が深水内蔵助の首を真横に斬った。そのまま片膝をついて深水の脇をすり抜けた。返り血を避《よ》けるためである。だが、血は噴き出すことはなかった。わずかに数滴が畳に滴り落ちただけである。

「わうわう」

若党は腰を落としたが、すぐに四つん這《ば》いになって障子に向かって逃げ出した。

「だ、誰か……」

そう障子の桟にすがったところで、和三郎の持った剣の切っ先が若党の後頭部をツンツンとついた。

「まだ仲間を呼ぶのは早い。すぐすむからそこで見ていろ」

そういうと、和三郎は深水の脇差を抜いて腹を真一文字に横に斬った。それから脇差を深水の右手に握らせた。

「深水は己の罪を悔いて切腹した。そうだな」

「は……」

「ところでな、若党」

和三郎は畳に腰を下ろした。若党は茫然《ぼうぜん》自失している。

「しっかりしろ」

「は、はい。し、しかし、深水様がそこに死んでいる……」

正座をして右腕を深水の屍《しかばね》に向けた。

「んなことは済んだことだ。ところでおぬし、殿の奥方が中屋敷に住まわれていることを変だとは思わんか」

「思います」

「筋違橋門内の屋敷に住んでいるのは忠国殿の側女《そばめ》だ。それに五歳になる倅《せがれ》、国松君も上屋敷に住まいしておる。それは知っておるか」

「いえ、存じません。国許におられるのではないのですか」

「違う。ともあれおぬしは斬らん。これからはおれの間諜《かんちょう》として雇ってやる。これは当座の駄賃だ」

和三郎は懐から立派な財布を取り出した。ほう、八両か、などと呟いている。若党は奇妙な表情でそれを見ている。

財布から五枚の小判を取り出すと、若党の前に置いた。それは若党の一年半分の給金に価《あたい》する。

「こ、これは」

「いっただろう。間諜としての駄賃だ」

若党は唖然《あぜん》と口を開いた。

「し、しかし、その財布は、その財布は、ふかみ……」

「おぬし、見たな」

「いえ、見てはおりません。しかし、いつの間に……」

「一刀流懐探りといってな、死んだ者に小判は無用だ。さ、おれに盗まれる前に早く懐に入れろ」

若党はあわてて五枚の小判をつかんだ。

「名はなんという」

「ひ、平泉小太郎《ひらいずみこたろう》にございます」

「そうか、あまり緊張するな。ま、楽にしろ」

そういって和三郎は開いた足を揉《も》みだした。傍には首を斬られ、上体を前に折り曲げて絶命している深水内蔵助の屍体《したい》がある。

「どこかに饅頭《まんじゆう》はないか」

「饅頭でございますか」

平泉小太郎はきょとんとしながらも視線を部屋の奥の棚に向けた。

「普段はお女中が運んで参りますが、深水様はご自分でも好きな黒砂糖を時折しゃぶっておられます」

「いいだろう。持ってきてくれ」

小太郎は段違いの棚に置いてあった木箱を持ってきた。

箱の蓋を取って和三郎は黒砂糖を口に放り込んだ。ぺちゃぺちゃやりながら、おぬしもどうだ、といったが小太郎は辞退した。

代わりにそれまでおとなしく控えていた一太郎がのそのそとそり出て、黒砂糖を口にした。虫歯になるぞ、と和三郎は思ったが、そのままにしておいた。

「この犬は一太郎という。おぬしは小太郎。よく似た名だな」

「は……いえ」

「ふた月前に、この屋敷の金蔵が破られて四千両が奪われたのは知っておろう」

「はい。金蔵番の二人が気絶しておりました。二人はその後、屋敷を追われました」

「追われたか。命あっての物種だ。それが幸いすることもある。誰がやったか知っておるか」

「盗賊の一味だとか。その金を取り戻すために田川源三郎様は一味の隠れ家を襲撃し、返り討ちに遭ったと聞いています」

小太郎はそういったが、落ち着いていたわけではない。語尾に震えが混じっている。

和三郎は頷いた。

「正しいようだが、話はまるで逆だ。土屋家の金四千両を横領してここに隠しておいたのは、松井や白井家老の差し金だ。盗人《ぬすつと》はやつらの方だ。四千両は謀反を起こしたときのための軍資金だ」

「謀反ですか。それは誰が謀反を起こすということなのですか」

「前藩主で今は隠居したはずの忠国様が、息子を使って土屋家をもう一度乗っ取ろうとしているのだ」

小太郎はのけぞった。本当に何も聞かされていなかった様子である。やはりそうかと和三郎は思った。直俊君を守ろうとする一派は盗賊だ、ということにして処理しようとしているのだ。その方が幕閣にも申し開きができる。

「岡様は一体どういうお方なのですか。殿の密命を受けて何か探っておられるのですか」

「そうだ。正体を現した御庭番みたいなものだ」

ちょっと違うがまあよかろうと和三郎は判断した。小太郎は深水の屍体を前にどうしたらよいのか迷っている。当然のことだと思いながら、和三郎は時を見計らっている。

「今でも金蔵の番人はいるのか」

「おりません。金蔵に小判はもうありませぬゆえ」

「どこにあるのかの」

「どこにもありません。土屋家は貧乏です」

和三郎は頭《かぶり》を振った。

「いや、ある。上屋敷の蔵の中には少なくとも二万両は隠してある。なんのためか分かるか」

小太郎は青ざめた様子でじっとしている。

「幕閣の大物、たとえば老中への賄賂のためだ」

はっとして小太郎は顔を上げた。そのとき廊下を歩いてくる小さな足音が聞こえた。

和三郎は立ち上がると、障子の前をその大きな体で塞いだ。

部屋の前まで来た者は立ったまま、

「深水様」

といった。小柄な女の影が障子に映っている。女中はそっと障子を横に開いた。

そこにぬっと大きな人影が佇んでいる。

はっとした顔が、自分より一尺ほども背の高い男を見上げている。いきなりだったので悲鳴もたてられずにいる。

和三郎は女中が手にしていた茶と饅頭をすかさず押さえた。ここでは女中の手が足りず、茶と茶菓子を一人の女中がお盆に載せて運んでくるらしい。

部屋に女中を入れると、

「静かに」

と和三郎は囁《ささや》いて女中を座らせた。

お盆を畳に置くと、切腹している深水の屍体を見て女中は声をあげそうになった。

その前に和三郎の掌が女中の口を塞いでいた。

「私は岡和三郎という者だ。奥方様の味方だ。騒ぎ立てるのはあとにしてくれ。よいな」

女中は白い目の部分を広く見せて頷いた。

「うまそうな饅頭だ」

和三郎はお盆に載せられた栗《くり》饅頭をさっそく手に取って一口食った。

ふたりはそろって啞然としている。犬が低く唸った。

五

和三郎は一太郎にも栗饅頭を分けてやった。犬は喜んで食べだした。目尻が下がっている。さて、といって和三郎は女中に目を向けた。

「奥方に付き添っている女中は何人おるのだ」

「三人です」

「四万三千石の奥方だぞ、十五人はいるはずだ」

「でも三人だけです。田川源三郎様のお言い付けでした」

「しかし、国許には十五名分の給金を要求していた、そうではないのか」

「私は存じません」

「奥方に毒を盛って体を弱らせようとする者はいないか」

「そ、そんなお方はおられるはずがありません」

女中は悲鳴のような裏声を出した。丸い顔にビードロのような目と小形のおちょぼ口を持っている。

「そなたは何と申す？」

「伊予《いよ》です」

「伊予さん、先ほどは驚かせて悪かった。これを受け取ってくれ」

深水が懐に所持していた財布を開いて、三枚の小判を取り出して伊予の前に置いた。女中はきょとんとしている。

「遠慮なく取っておけ。深水がくれたものだ」

「あの、深水様は？」

「そこからでは見えぬな。もそっと前に出ろ、そうすれば仏の姿が拝める」

伊予は膝を前にずらして、襖の手前から上体を伸ばした。

「？」

「見ての通り切腹しておる」

「きゃっ」

「家老どもは世嗣の直俊様を亡き者にしようと企んでおる。深水はそやつらの甘言に騙《だま》された。謀反に加担しようとしたのだ。それをいたく悔いてな、自刃したのだ」

伊予は何も言えずにただ体を震わせている。平泉小太郎は顔を伏せて反応を示さずにいる。

「伊予さん、ここへは茶菓子を運ぶために来たのか」

女中は言い澱《よど》んでいる。目の前に置かれた小判に視線を置き、それから得体の知れない浪人に目を向けた。

「表でご家来衆が集まって、何事か騒ぎ立てておりますので……」

「やっと出てきたか」

「は」

意外と伊予には落ち着きがある。深水の屍を目撃しても、いたずらに騒ぎ立てたりしないところが武家の娘らしい。

「これで敵味方が分かる。だが、おれの命もここまでかもしれん。平泉小太郎殿、そのときは本所菊川町《ほんじょきくかわちょう》の下屋敷まで知らせてくれんか。それと八丁堀炭町にある中村道場へも詳細を伝えてくれ。広島藩の猛者《もさ》がそこにおる」

それを聞くと小太郎は腰を浮かした。

「広島藩ですか。何故広島藩が……」

「そこがミソだ。では行くとするか。おい、後ろからバッサリはごめんだぞ」

和三郎は刀掛けに置かれた深水内蔵助の愛刀を手にした。槍も取った。それを小太郎に預けた。真剣一本だけでは刃こぼれしたときに困る。菊池の刀はまあまあの出来のようだが、よしんばナマクラであったりしたら、頭蓋骨一つ打っただけで折れることもあるだろう。

「ついてこい」

和三郎自身は菊池から奪い取った刀を左手に下げて廊下を歩いた。カチカチと音がするのは一太郎の爪が廊下を叩くからである。

和三郎はそのまま玄関には行かず、廊下から庭に降りた。庭園は広いが手入れはそれほど行き届いているとはいえず、あちこちで野草が生い茂り、丸木などは菱形《ひしがた》になっている。

飛び石を拾って歩いた。庭と表との間に竹で組まれた生垣がある。和三郎は中腰になって生垣から十間（約十八メートル）先を透かし見た。

視界に十数名の侍が集まって、侃々諤々《かんかんがくがく》とやっている様が映った。江戸定府の武士の他に、越前野山から江戸に集められたとみられる者が四名いる。

今枝《いまえだ》流の工藤為助《ためすけ》の大きな体が頭ひとつ抜けている。この男の怪力は藩内に轟《とどろ》いていて、一抱えもある杉の木を根元からぶっこ抜いてしまうという。

溝口《みぞぐち》派一刀流の遣い手の黒柳《くろやなぎ》もいる。大場重治《おおばしげはる》は神道無念流の大目録免許皆伝だ。長田流居合をよくするという侍の姿も垣間見《かいまみ》えた。

このひと月半のうちに、中屋敷は隠し予備軍の侍で固められたようである。いずれ事が起これば、先頭に立って太刀を振るう実働隊にもなる。

（これは思っていた以上に強敵じゃ。偵察気分で顔を出すところではなかったな）

和三郎は腰を屈《かが》めてそろそろと後ずさりをした。臆したのではない。呼吸を計

集英社文庫
http://bunko.shueisha.co.jp

よまにゃ

さっきのページで、
キミのそっくりさんを見かけたよ。

っていたのである。気持ちが平静に戻ると、敷石に片足を置いてから、ひょいと廊下に上がった。

「おーい、みんな、聞いてくれ」

廊下に佇んで和三郎は大声を出した。とたんに約三十個の目玉が向けられた。驚いた目玉もあれば、憎悪に赤く染め抜かれた目玉もある。なんだか分からないが銀色に回転しているものもある。

一瞬で敵味方を全て見分けることはできなかったが、明らかに嫌悪を抱いている者が五、六人ほどいるのが区別できた。越前野山から最近派遣されてきた者たちは、みんな殺意を腹に溜めている。刺客として国許から派遣されてきた者なのだ。むしろ明るいうちに突然敵が自ら姿を現したことで、意表をつかれたのかもしれない。

和三郎はとうに腹を括《くく》っている。だが、自分の命をむざむざと捨てる気には到底なれない。今は何が正義かを糺《ただ》すときである。

「土屋家は内紛状態にある。この屋敷にあった四千両は謀反のための軍資金の一部だ。謀反人は軍資金を使って、世嗣である直俊君の暗殺を企んだのだ」

和三郎は廊下に佇んで、庭で蠢《うごめ》く十五名の者を見下ろした。

「何をたわけたことを申しておる。誰が謀反を起こしたというのだ」

「それはおぬしらのことじゃ。四千両を盗んだおぬしらこそ謀反人じゃ」

「よくぞ、一人で乗り込んでこられたものじゃ」

集まった者の中から数名が割って出てきて声を張り上げた。すでに刀の柄に手をかけている者もいる。だが、手練《てだ》れといえるのは、越前野山の四人だけだ。

「待て。おぬしらは騙されておる。田川源三郎らが家老の命令により、国許から送られてきた金を横取りしたのだ。それは本来江戸藩邸におられる直俊君に使われるべき金子《きんす》だ」

侍四人が中腰になって進み出てきた。先頭に立つ者は右手を刀の柄に置いている。

「だからうらは金を奪い返し、江戸の両替屋から藩主忠直様あてに為替にして送った。これが両替屋からの預かり証文だ」

和三郎は懐に収めてあった預かり証文を高く掲げた。金蔵から奪ったのは四千両だったが、預かり証文には三千両の金子しか明記されていない。しかし、その数字を吟味している者などいない。

進み出てきた四人のうちの先頭にいた者は、丸形の敷石の前で足を止めた。

「降りてこい」

濃い眉毛の奥から鉛色の目が光っている。庭の砂利が武士の大きな目に反射している。そのとき、切れ長の隙のない目をした武士の体が沈んだ。

和三郎は鞘を抜き捨てた。武士の左指が刀の鯉口を切った。

（長田流居合だ）

それもただの遣い手ではない。

和三郎は抜き身を高く掲げて廊下を蹴った。武士の右腕が微《かす》かに動いた。白刃が空気を割《さ》いて閃《ひらめ》いた。小魚が銀の鱗《うろこ》を斜めに回転させたほどに眩《まばゆ》く、美しい輝きだった。

武士の刀の切っ先は、高いところから振り下ろされる和三郎の刀身を待ち受けていた。

だが、和三郎の体は、廊下から高くは上がらず、敵の意に反して身を丸めて庭に落ちた。膝を地面につける利那の動きを、目に留めることができた者はいなかった。膝が地面につく一寸手前で、和三郎の左腕が敵の腹をすくいあげた。

「げっ」

武士の左脇腹に初手が入り、傾いた相手の背中を、前転して通り抜けた和三郎の剣が斬り上げた。

すぐ目の前には三人の豪剣の持ち主が控えていた。すかさず和三郎は敵の打ち間に飛び込んだ。身を捨てたのである。

まず上段に振りかぶった二人目の相手の左肘を斬った。念流の大場重治だった。その大場の肘から下がぶら下がるのが目の隅に映ったが、それにはかまわず、和三郎は左踵《ひだりかかと》を中心に身を回転させざま、刀を返して、三人目の溝口派一刀流の武士の脇腹を斬った。さらに右に体を回して相手の反対側の脇の下を顎まで斬り上げた。

溝口派一刀流の黒柳は脇の下から血しぶきを上げて横転した。

息もつかずに、巨木のような大男、今枝流の工藤為助の両脛を斬った。ゴキリと刀身が脛の骨を砕いた。

「槍だ」

和三郎はそう叫ぶと廊下に突っ立っている小太郎の手から槍を奪い取り、右肩を後ろに回して大男の胸に向けて突き刺した。血が噴き出すと、工藤為助の体がおこりにかかったように大きく痙攣《けいれん》した。それきり動かなくなった。

「岡、き、貴様ア」

左肘から下を中ぶらにさせた念流の大場重治が、血走った眼《まなこ》で睨んでいる。

大場重治は同じ城下の念流の大目録免許皆伝を受けている者である。皆伝の和三郎より上手だ。大目録皆伝ならどこでも道場を開くことが許される。和三郎が大場の腕を斬ることができたのは、竹刀《しない》稽古と実戦の経験の差が結果になって現れたからである。

「大場さん、誰に頼まれたのだ」

「うるさい」

「直俊君を亡き者にせよと誰の命を受けたのだ」

「直俊君を殺すのは簡単じゃ」

顔中に白い乳のような汗を噴き出した大場は、乱杭歯《らんぐいば》を剝き出しにした。

「狙いは直俊君ではないというのか」

「おぬしじゃ、岡和三郎」

「うらを？」

そこまでいうと大場は血反吐《ちへど》を噴いた。ついで命を懸けた鋭い突きがきた。

和三郎は体をずらさずにそのまま槍を突き出した。穂先が大場の腹を貫いて背中に抜けた。槍を引き抜くと大量の血が大場の腹から流れ出た。

倒れた大場から目を移して、ほかの三人が絶命しているのを確かめた。刺客に対しては同情心は無用だった。憐《あわ》れみを催せば、やつらはまむしの如《ごと》く生き返って毒牙を剝き出してくる。

「ほかに向かってくる者はおるか。この中には先月うらを襲った練兵館の門弟もおるじゃろ。ここで起こったことは表には出ない。遠慮なくかかってこい」

和三郎は槍を小脇にかかえて、遠巻きにしている土屋家の家来を見回した。

「江戸におられる直俊君は影武者だと聞いておる。影武者など斬り捨てて当然じゃ」

ひとりが怒鳴った。

「そうかな。では何のために影武者など立てる必要があったのだ。世嗣である直俊君のお命を狙う者がいるからだ。謀反を企む者さえいなければ、わざわざ影武者など立てる必要はないはずじゃ」

「それは詭弁《きべん》だ」

和三郎は叫んだ方に目を向けた。するとそこに空間ができて、一人のいびつな顔をした眼窩《がんか》の窪《くぼ》んだ武士が置き去りにされて佇んでいる。

「どう詭弁なのじゃ」

　和三郎はその男に向かって大股に歩いた。後ろに下がった男は踵を蹴躓《けつまず》かせて背後に倒れた。大股を開いて死んだ蛙《かえる》のようになって、近づいてくる和三郎を見上げた。

「世嗣の暗殺を企むやつらに与する者こそ、逆臣という。それをおし隠そうとするやつこそ、詭弁を弄するというものだ。おぬしがそうだ」

　和三郎は槍の穂先を男の喉元に当てた。男の上体はみるみる震え、顎が左右に動いた。

「おい、しょんべんを漏らすな。それでも武士か」

　和三郎は槍を捨てて、金色の柄袋に納められた深水内蔵助の太刀を手にした。歩き出すとそれまで和三郎を取り囲んでいた十一名の土屋家家臣が左右に開いた。

「おい、世嗣を殺害しろと家来をそそのかす重役などいると思うか。改易《かいえき》の憂き目に遭ったらおぬしたちは浪人か無宿人だぞ。おかしいとは思わんか。その少ない脳味噌《のうみそ》をこねくり回してよく考えろ」

　見回してそういった。今度は反論する者はいなかった。和三郎は奪い取った二本の刀を左手にまとめて持つと、愛犬一太郎を連れて門を出た。

　腹がぐうっと鳴った。

（饅頭一個では間に合わんな）

九死に一生を得たことだと感心しながら、取り敢《あ》えず、道場に戻って井戸水で体を洗おうと考えている。

第三章　江戸見物

一

　盥《たらい》に着ていた着物を全て脱ぎ捨てると、井戸端にいって荒縄で体を井戸端にいって荒縄で体をゴシゴシと洗った。しばらく擦《こす》ると皮膚が血を滲《にじ》ませたように赤くなった。それから褌《ふんどし》を取ると、今度はばかに丁寧に下腹を洗い出した。

（ここは鍛えてはイカンところじゃ）

　そう呟《つぶや》きながら陰茎を洗っている。

ゴシゴシと洗い終わって晩秋の日差しの中に裸をさらした。雪駄《せった》を履いて道場に戻りかけると、台所口から出てきたうねと顔を合わせた。

「わっ」

　と喚《わめ》いてうねはひっくり返った。太くたくましい太腿《ふともも》が裾の短い仕事着から覗《のぞ》いた。

「どうした？　珍しいものでもあるまい」

男ばかりの道場でもう一人の下女と働くうねは、男の裸など見慣れているはずである。

「おい、うね、新しい下帯を出してくれ。飯を食ったら下屋敷に行って直俊君《ぎみ》のご機嫌を伺ってくる」

和三郎は部屋に戻ってうねが持ってきた新品の下帯をつけた。江戸でも新しい下着は盆と暮れに替えるだけだと聞いている。国許《くにもと》の土屋家の家来はもっと貧しかった。

着物をつけて帯を締めると、つい先ほど人を五人も斬ったことが嘘《うそ》のように清々した。

「今日は沙那さんはこんのか」

着流し姿になった和三郎を、うるんだような目で見上げてうねはそう聞いた。

「どうであろうな。どうも船松町の家とは勝手が違って、ここは落ち着かぬようじゃ。それに沙那さんは土屋家に雇われているお方だ」

「もう違うと沙那さんはいっていたぞ」

どうも漁師の娘の言葉遣いには馴染《なじ》めないと思いながら、それはどういうことだ、と和三郎は聞いた。

「沙那さんは土屋家からは一銭も給金をもらっていねえそうだ。国に帰れば婿取りさせられるので、それがいやなそうだ。江戸にいるのは直俊君のお世話をするためだ」

「よく知っているな」

「なんでも知っているだよ。沙那さんの兄さまが江戸へくる山の中で、刺客の待ち伏せにおうて殺されたことも、沙那さんが仇討《かたきう》ちにきたことも、和三郎さんがその介添え役だということも、その刺客はもう殺されていることも、なんでも知っているだ」

うねは少し得意気に丸い鼻をうごめかせた。

「ほう、沙那殿から聞いたのか」

「いや、沙那さんは何もいわねえども、沙那さんが知らねえこともおらは知っているよ。和三郎さんの筆入れの中に百両ばかりの銭が入っていることも知っているだ。もっとしっかり隠しておかなきゃ盗まれちまうだ」

「なに、盗まれたら脅して倍にして返させればいいんじゃ。うらの本業は恐喝屋だからな」

「ひえっ」

うねはタドンのような顔を歪《ゆが》めて驚いている。

「飯はすぐに用意できるか」

「広島藩の人が大方食っちまったよ。五升くらいペロリじゃ」

「そうか」

和三郎はちょっとの間思案した。うねはどこか不満気な様子でいる。

「うねは蕎麦屋《そばや》に行ったことはあるか」

「蕎麦屋？　あるわけねえよ」

「行ってみるか。諏訪町《すわちょう》の『金麩羅屋《きんぷらや》』というわけにはいかんが、うまい蕎麦を食わせる店なら近くにある。どうだ？」

「ええっ、和三郎様と蕎麦を食いに行くのか」

「そうだ。高級蕎麦料理屋ではないが、屋台ではない店が近くにある。天ぷら蕎麦がうまい。うらも江戸にきて初めて食った。さあ、行こう」

「こんな格好でか」

うねは着ている野良着を恨めしそうに見直した。

「そこは職人の集まる店だ。格好なんか気にするな」

「ちょ、ちょっと待ってくれ」

うねはあわてて台所脇にある下女部屋に駆け込んで行った。和三郎は道場の玄関から外に出て空を仰いだ。遠くの富士山《ふじさん》は少し霞《かす》んで見えるが、天気はいい。堀を渡ってくる風が秋の香りを含んでいて爽やかだ。つい今しがた、血で血を争う決闘をしたことが嘘みたいな清新さだった。

（決して自分からは戦さを仕掛けることはなかったのだが、いつの間にか破落戸《ごろつき》のような真似《まね》をするようになってしまった）

江戸に来てからというもの、それまであくまで受け身だった自分の剣が、血に飢えた獣のように敵を求めるようになってしまった。

（満身創痍《まんしんそうい》になり、いつこの命がなくなるか知れないと考えるようになってからことにそうだ）

その変わり様を、さほど不思議だと思っていない己がいることが、ひどく不気味だった。

（うらはどちらかというと温厚な男じゃった）

人を恨みに思ったり、怒りを抱くこともなかった。人から反感を買った記憶もない。どこにでもいる剣術熱心な七十石取りの三男坊に過ぎなかった。その時代遅れの剣捌《けんさば》きの巧みさが運命を変えた。

（しかし、江戸という町がうらを変えたのではない。うらの裏の性格が姿を現したのだ）

そう考えると、思いあたることがないではなかった。

「こんなんでいいかな」

裏の戸口から出てきたうねは急いで髪をとかしたらしく、花柄の着物の着付けもどこかちぐはぐだった。

「おう、それでよい。よう似合っておる」

和三郎は橋を渡って本八丁堀《ほんはっちょうぼり》にある船宿に入った。このあたりは役人の組屋敷が多いが、だからといって黒の紋付羽織姿の同心がうろうろしている訳ではない。手札をもらっている小者《こもの》も十手を振り回しているわけではない。目つきが悪く、手縄を帯の後ろに隠しているのでそれとなく分かる。

その手下の下っ引きになると小銭に窮しているせいで、手ぬぐいを首に巻いて古着をはおっている身なりはなんともみじめったらしい。船宿には居酒屋を兼ねているところもあるが、そんな安酒場でも下っ引きには敷居が高いらしく、飲み食いする者はあまりいない。

そんな話は、道場の武者窓から見物にきた下っ引きを中に引き入れて聞き出したものだ。江戸庶民の世情や下世話な噂話《うわさばなし》には、彼らほど通じたものはいない。五十人ほどいる与力《よりき》も南北に百名ほどいる同心も、ほとんどが奉行所で小さな机に向かって書き物をしているので、表を歩くのは仕事を終えた八ツ（午後二時頃）以降である。夜勤をする場合には翌朝になる。役人たちの日常の光景は土屋家でも変わりがない。

ふたりは「川政《かわまさ》」という船宿に入った。八丁堀の炭町に移って以来大分たつが、和三郎が知っている江戸の町はそこまでである。

船宿の入り口は居酒屋風になっている。土間には床几《しょうぎ》が並んでいて、そこでは煮物や飯を食わせるが、珍しく天ぷら蕎麦も作って出している。女連れの者はめったにいないので、店に入るとジロリと職人や川人足らしい者たちが見つめてきた。浪人が連れているのは漁師の娘らしいと分かると、男たちの興味はすぐに別に移った。相撲や講談の話をしているらしい。

注文を取りに来た爺《じい》さんが、

「犬は困るだ」

といったので、ふと下を見ると一太郎がちゃっかり土間に座っている。

「こいつはまるで忍者犬みたいなやつだな」

足音には敏感なはずの和三郎も一太郎の足音にはいつも気づくことがない。

とりあえず外につないで戻ってくると、うねがなんだか困り果てている。

「どうかしたか」

「どうやって頼んだらいいのか分からねえよ」

では、といって和三郎が注文したのは、ごく普通の天ぷら蕎麦だった。

「ここの天ぷら蕎麦は芝海老《しばえび》のほかにあなごや貝柱、こはだなどが入っている。魚介類などうねには珍しくもないだろうが、まあ、油で揚げた天ぷらも食ってみろ」

うねは落ち着かない様子で周囲の職人たちを見回している。

「仙蔵と煮売り屋に行ったことはないのか」

「ねえよ」

「あいつは酒飲みだろう。酒を出すところは好きだろう」

「知らねえ。漁師の親方と立ち飲み屋に行ったと聞いたことがあるが、居酒屋は知らねえ。そんな銭なんかねえよ」

うねは鼻の頭に小粒の汗を浮かべている。

「岡さんからもらった銭で女郎を買いにいっただよ」

うねの口から、女郎という言葉が出て和三郎は驚いた。江戸の女は違うと感心した。土屋家の女はそもそも女郎などという言葉を知らないだろう。せいぜい遊女だ。

「ほう、そういうところがあるのか」

「あるよ。なかったら江戸の女はならず者にみんなやられているよ」

ふん、と和三郎は腕を組んで思案した。そういう風に考えたことがなかったからである。あの女たちは、男どもの暴走をとめることにも役立っていたのかと思い知った。

「岡さんは女がいるところへ行かんのか」

「女のいるところ？　吉原《よしわら》か」

「そうじゃねえよ。あそこは貧乏侍が行けるところじゃないよ。田舎《いなか》侍は必ず一度は覗くらしいけど、みなしきたりを知らないから馬鹿にされて追い返されているさ」

そのときだけ、うねは大福餅をぶち込んだような頰肉を大きく震わせて笑った。

天ぷら蕎麦がきた。

まず芝海老を天つゆに入れて食った。うん、うまいと唸《うな》った。うめえ、とうねがみそっ歯を広げて喜んだ。ふたりはあなご、こはだ、貝柱などを黙々と食った。途中で蕎麦をすすった。

食べ終わるとうねは腹を膨らませて、ふうっと息を吐いた。

「吉原でなければ、どこだ」

「へ」

「貧乏侍じゃ吉原は行けないといっただろう。ではどこへ行くのだ」

「知らねえよ、おらは男でねーもの。女なんかほしくはねーだよ」

もっともだと和三郎は思った。

「では仙蔵はどこに行ったのだ」

「だから知らねーって。そこいらの岡場所じゃねーのか」

初めて聞く言葉だった。

「岡場所とは何だ。どこにある？」

覚えず声が上がったのだろう。隣でちろりから酒を盃《さかずき》に注いでいた人足ふたりが、どでかい目を開いて和三郎を見た。

うねは顔を伏せて黙っている。

「お侍さん、岡場所を知らねーのか」

人足のひとりが日焼けした顔を向けてきて黄色い歯を覗かせた。

「知らん」

「江戸に来て間がないね」

「うん、ま、病いで臥《ふ》せっていたからの。だから顔が白いんじゃ」

「顔が白い？　おもしれーお侍だ」

相棒の人足も声をあげて笑ったのは、誰がどうみても和三郎の方が色黒だったからだ。

「ま、八丁堀界隈《かいわい》には岡場所はねえが、深川《ふかがわ》に行けばいくらでもあるよ。越中《えっちゅう》島《じま》の突出《つきだ》し新地《しんち》に行けばそこら中から遊女が呼びかけてくらあ」

「だがよ、芳《よし》兄イ。同じ深川でも深川芸者のいるようなところは割高だ。芸者は高《たけ》ー。転び芸者でも一分。岡場所なら三十八文ですむからざっと十回分だ、夜鷹《よたか》は二十五文」

「お侍さんよ、吉原は切り見世でもやっぱり高ーよ。婆《ばば》あになって使い物にならなくなった年増《としま》がやっている見世でも百文が相場だ。それも線香一本分だぜ」

「芳兄イ。年増でもいいのはおるぜ。それにあっしなら線香一本を五十銭に値切るぜ。それで線香三本でねっとりだ」

「おめえは助兵衛《すけべえ》でいけねえよ。嬶《かかあ》が逃げ出すはずだ」

人足は昼酒が効いているらしく舌の滑りがよい。

「吉原の婆あというのはいくつだ」

と、和三郎が聞いた。

「あそこは二十七になればお払い箱さ」

もう少し人足の話を聞いていたかったが、うねが居心地の悪そうな様子なので、和三郎は金を払って出てきた。天ぷら蕎麦は一人前三十八文だった。岡場所という男相手の店の女も代金が三十八文だったことを思い出して、和三郎は気持ちが重く沈んだ。本多《ほんだ》家の石川久之助《いしかわひさのすけ》らと御油《ごゆ》の宿で泊まった時、和三郎の相手をしてくれた飯盛りのみつという、十四歳の娘のことを思い出したからである。

二

一太郎は腹這《はらば》いになって和三郎が出てくるのを待っていた。こいつも江戸見物がしたいのだな、と思った和三郎は、うねと船宿の前で別れると、一太郎を伴って本材木町を北に行き、今度は江戸橋を渡ってそのまままっすぐに堀端を進んだ。

西に曲がればすぐに日本橋が出てくるが、そのまま商店の続く町並みを眺めながら北に行った。

馬に乗った侍や供を連れた若い女、ボテ振りの魚売りや古材木を担いだ男などがどんどん出てくる。みな忙しそうに駆け足である。

そこら中に犬がいて堂々と道の真ん中で糞《ふん》を垂れている。一太郎をみつけてちょっかいを出す犬や吠《ほ》えつけてくる犬は当然いるが、一太郎はそいつらには見向きもせずに和三郎の足元を歩いてくる。一度、ひと回り大きな犬が行く手を塞いで肩を怒らして待ち構えていたときだけ、一太郎は低く唸った。

すると突然大きな犬は尻尾を下げて路地に逃げた。一太郎は追うこともせず、ただまっすぐに前を見ている。

(こいつも刃《やいば》の下をくぐって相当貫禄《かんろく》がついたようだ)

和三郎は鼻筋の通った一太郎を見て、なんだか誇らしくなった。そこいらの野良犬と違うのは、こいつがどうやら甲斐犬《かいけん》らしいと分かったからだ。甲斐の犬は敏捷《びんしょう》で誇りが高い。

(うらもこいつを見習わなくてはいかんな。自らちょっかいを出す弱い犬にはなりたくないものじゃ)

神田川を渡り堤沿いに大川に向かっていった。新橋《あたらしばし》を過ぎ、浅草御門《あさくさごもん》を南に見ながら再び大通りを北に向かった。御蔵前《おくらまえ》に出ると、札差《ふださし》の蔵が続いている変に白々しい町が出てきた。大川沿いには浅草御蔵があり、各地から届いた米がどんどん運び込まれているはずである。

目立って広い八幡宮《はちまんぐう》に参詣して、今朝の立ち回りであの世に送った者たちの面倒を神宮に頼んだ。三文を賽銭箱《さいせんばこ》に放り込んだが、それでは足りないと思い直して、二文足した。

八幡宮から大通りを横切って大川に出た。そこは御厩河岸《おんまやがし》になっている。そこから対岸まで渡し船が出ている。犬は乗せられないと断られるだろうと思っていると、八文払えば乗せてくれるという。自分の分と合わせて二十文払って和三郎は一太郎を連れて対岸に渡った。そこは阿部伊勢守《あべいせのかみ》の下屋敷になっている。番屋を抜けるとそこはもう北本所と番場町《ばんばちょう》になっていて、土屋家の下屋敷はその奥、妙源寺と隣り合わせになって建っている。

門は角にある。

門を叩《たた》くと戸口が開いた。

「岡和三郎じゃ。直俊君のご機嫌を伺いに参った」

　そういうと開かれた戸口からまず一太郎を先に入れた。すると珍しいことに、

「うおーん」

と一太郎が秋空に向けて一声高く吠えた。屋敷に植わった庭木の梢《こずえ》がそよぎ、葉が眩《まばゆ》く光った。

　中庭に行くと、そこにはもう小姓の沼澤庄二郎が出ていて和三郎を見るなり深く頭を下げた。

「おう、沼澤氏《うじ》、変わりはないか」

「この通り元気じゃ。ここの者はみなおぬしが来るのを待っておったのじゃ。色々と聞いた。おぬしが生きているのがにわかには信じられぬ」

「お蓮さんとはよろしくやっているか」

「お蓮殿はわしより岡殿に憧れておる。ま、当然といえば当然じゃ。わしは大いに恥をかいたからな」

　そう話していると、廊下に直俊君の姿が現れた。

「岡和三郎、待ちわびておったぞ」

「若君、ご無沙汰致しました」

「傷はもう癒えたのか」

「はい、今朝もひと暴れして参りました故、もう大丈夫でございます」

まさか土屋家の家来四人と中屋敷の取締り役で、今度の騒ぎの一味のひとりである深水内蔵助という者を殺してきたとはいえず、和三郎はただ平和そうに笑っていた。

直俊君は小さな体を震わせて廊下に佇《たたず》んでいる。和三郎が近づくと、

「わっ」

と喚いて抱きついてきた。

「寺から出て、沼澤らと一度あの家に行った。じゃが、岡は別のところに移ったと言われて戻ってきたのじゃ。馬の世話をしていた吉井という者がここまで馬で送ってくれた」

「はい。馬も一頭、ここへ戻すように申しつけておきました」

「馬は戻っている。厩《うまや》におる。しかしわらわは岡に会いたかった」

「私もです、直俊君」

和三郎は同じ影武者として狙われてきた七歳の少年を抱き上げた。少年は泣いていた。

「まあ、岡様。沙那さん、岡様がこられましたよ」

女中頭のお富がそう大声を出した。するとまずお蓮が裏からやってきて、亀《かめ》という女中が廊下を駆けてきた。侍も二人庭に出てきた。国分正興という下屋敷を取締る老人もよたよたと廊下を歩いてきた。最後に沙那が手を拭きながら現れた。

「国分老人、国許からちゃんと資金は届いていますか」

「いや、届いてはおらん。年三回払われることになっておるが、まだ一度しか給金をもらってはおらん。内証《ないしょ》が苦しいのは分かっておるので、みなこらえておる」

「しかし、台所はそういうわけにはいかんでしょ。お富さん、ここに三十両ある、それでひとまず米だけはいつも潤沢にしておいてくれ。いずれ勘定方がよしなにして下さる」

和三郎は懐から用意してきた金子《きんす》を取り出して、むき出しのままお富に手渡した。

「もったいないことです」

お富は掌《てのひら》に載せられた三十両をありがたそうに押し頂いた。

「それからな沼澤氏」

「なんじゃ」

「少ないがおぬしらには二両ずつ用意した。これは私のやることではないが、ま、薄給の身はこたえるからな、ないよりましじゃ」

沼澤は棒立ちになった。

「い、いやそれはおぬしからは受け取れん」

両腕を差し出して拒絶の仕草をした。

「そうか、では無理にとはいわん。ではおぬしらはどうかの」

残った二人の侍に二分金を四枚ずつ差し出した。

「小野田豊平《おのだとよへい》と申します。私ももらってよろしいのか」

「当然です。元々は土屋家の金ですから」

「拙者は近習《きんじゅ》の平田伊右衛門《ひらたいえもん》と申します。母に滋養のある食べ物が必要なのだ。ありがたくいただきますぞ、岡殿」

二人の侍はそういって銭を受け取ると頭を下げた。

「あの、岡様」

そういって出てきたのはお蓮である。手を差し出している。

「そうか、受け取ってくれるか」

「沼澤はバカなのです。見栄坊は嫌い。私が代わりにもらいます」

それはいいといって同じく二分金を四枚渡した。

「岡様、昼食のご用意ならしてあります。どうぞご一緒に食べていって下さい」

そうお富が誘ってくれたが、和三郎はもう済ませたといって辞退した。

「それより私は江戸は不案内でな。これから江戸見物にでも行こうかと思っておるんじゃ。お富さん、沙那さんを誘い出したいんじゃが、ええやろうか」

「えっ？　それは困ります。直俊君を置いて屋敷を出るわけにはいきません」

沙那の白い項《うなじ》が紅《あか》くなった。さすがに図々《ずうずう》しいことをいってしまったと和三郎は反省した。ただ、和三郎としては昼間なら敵側から襲われる危険はないだろうと思ったまでなのである。

「岡和三郎、わらわも江戸見物とやらに行くぞ。沙那も付いて来い。それならよかろう、爺《じい》どうじゃ」

「はは、それは直俊君のご随意に。おい、沼澤おぬしもご一緒するのじゃ」

「は、はい」

戸惑いながら沼澤は頭を下げた。ならば我らもお供いたします、といったのは二人の侍である。

「私も行きまーす。だって直俊君がおられない屋敷にいてもお仕事がないんですもの」

「そうね、留守は私と亀さんでお預かりするからお蓮さん、あなたもご一緒しなさい」

そういわれてお蓮は沙那の手を取ってきゃっきゃと騒いでいる。この光景をみたら誰もが羨むことに違いないと和三郎は感心していた。

「そうすると……」

と呟いて頭数を勘定した。

直俊君に侍が三人。女子《おなご》が二人、それに犬一匹を加えた五人を供に連れて江戸見物に出かける仕儀となった。今になって中間《ちゆうげん》が眠たそうな顔をして長屋から出てきたが、和三郎は無視することにした。

「では直俊君には馬に乗って頂きますか」

小姓役の沼澤としてはまず直俊君の安全が大事だ。それで馬と馬丁を加えた六人に一頭一匹の一行となった。留守番役の国分老人はただあっけにとられて見送ることになった。

三

大川にかかる橋を渡って混雑する広小路《ひろこうじ》に出ると、まず雷門に向かった。参詣客がみな吊《つ》るされている巨大な雷提灯《かみなりぢょうちん》を見上げているので、土屋家の家来も口を開けてぼうっと眺めた。直俊君はそこで馬を降りた。馬丁が残り、一行六人は天照大御神《あまてらすおおみかみ》の支院や弁財天や、不動明王が出てくる参道をのんびりと進んだ。仲見世《なかみせ》には土産物《みやげもの》を売る屋台が建ち並んでいて、直俊君は珍しくはしゃいでいる。江戸在府の沼澤は何度も来ているので、あれこれと直俊君に説明をしている。

山門の仁王門をくぐると正面に大屋根のある本堂が現れた。黒い瓦の金龍山《きんりゅうざん》浅草寺《せんそうじ》の大屋根はどこからでも望むことができる。大川の向かい岸から和三郎は湾曲して雲に伸びていく大屋根を望みながら、あれこそ江戸だと感じ入っていた。その本堂が正面にある。

どこからか出てきた参詣者であたりは溢《あふ》れかえっている。有名な五重塔は本堂の東側に建っている。古いのは焼け落ちたそうだが、二百年前に再建されたという五重塔もなかなか威厳がある。

沙那とお蓮は線香を持った直俊君を抱きかかえて、常香炉《じょうこうろ》に線香がなんとか刺さるようにと工夫をしている。直俊君はもうもうとした煙に噎《む》せたようだ。それから二人の女は本堂までの長い階段を上って参詣した。沼澤が離れまいと付き添っている。

その間、和三郎と侍二人と一太郎は周囲の人々や旅人に圧倒されながら佇んでいた。侍二人の視線は若い婦人に向けられている。

直俊君のために、本堂で加持祈禱《かじきとう》でもしてもらおうかと思案していると、不意に、

「おっ、岡殿、岡和三郎殿ではないか」

と、呼びかけられた。

声のした方に顔を向けるとそこに懐かしい顔が現れた。

「おお、小山内《おさない》さんじゃないですか」

「まさしく岡殿じゃ。いやあ奇遇ですな。おぬしはどこかで待ち伏せにでも遭って斬られたのではないかと、石川《いしかわ》とも心配しておったのじゃ。達者で何よりじゃ」

白い歯を見せて笑う小山内辰之介《たつのすけ》から、秋風が吹いてくるような爽やかさを感じる。

「おーい、石川」

そう小山内は背後を振り返って声をかけた。数名の武家がこちらを向いた。そ

の中に石川久之助《ひさのすけ》の顔がある。走ってこちらに向かってきた石川は、
「岡さん、どうされていたのですか、お家騒動に巻き込まれて難儀しているので
はないかと、品川にいる間も小山内さんと話していたのです」
「いやあ、あのときは大変な目に遭わせてしまって申し訳ない。私はこの通り、
無事でいます。それよりみなさんはどうされていたのですか」
そう聞くと、いやあ、もう退屈で退屈で、といって石川は頭をかいた。
「岡さんと一緒にいた日が懐かしいですよ。数日間の内に色々とありましたから
ね」
三河岡崎《みかわおかざき》藩の本多家の城下では、石川には瀬良水ノ助の見張りを頼んだり、黒
船来航で江戸に向かう家来衆の中に紛れ込ませてもらったりと、随分と世話にな
った。しかも途中の街道では、和三郎を狙った土屋家の刺客から銃で狙われたの
である。
「瀬良水ノ助はまだ生きていますか。逃亡を企《たくら》んでいたようですが」
と、石川が聞いてきた。
「生きていますよ。実はあれからまたひと騒ぎあって、結局水ノ助は私の手の者
になりました。今では大変重宝していますよ」

「ひと騒ぎですか。いやあ、どうも岡さんのいわれるひと騒ぎは普通ではないですからねえ」

「まったくですなあ、おかげで私も人を斬る羽目になった」

小山内辰之介が同調した。その小山内の背後には本多家の家臣が四名取り巻いている。いつの間にか和三郎の周囲にも土屋家の人垣ができていて、そのあたりだけ渦を巻いたように人の流れが変わってしまっている。

参詣者は背の高い小山内と和三郎を胡散臭《うさんくさ》げに見上げて本堂に向かって歩いていく。和三郎は常香炉の前から離れて、大黒天のところに身を移した。するとみながそちらについてきた。

「小山内さんたちこそ、今日はどうされたのですか」

すると小山内は袖で顔を隠すという奇妙な仕草をした。

「実はこの連中が吉原に行きたいというのでな。案内したんだ。いや私は島田虎《しまだとら》之助《のすけ》先生の墓参りをするつもりで正定寺《しようじようじ》に来たんだが、なんせこいつらは昨日品川の警備から解かれたばかりでな、まずは何をおいても吉原に行きたいと申してな。だが昼間に行くのはさすがに具合が悪い、で、噂に聞く浅草奥山《おくやま》などを冷やかしておったのだ」

なるほど、と思いながら和三郎は相槌《あいづち》を打った。土屋家の侍どももふんふんと頷《うなず》いてる様子だ。

「で、おぬしも吉原か」

「いや、我らは江戸見物じゃ。そうじゃ、紹介しておこう、ここにおられるのが、我が土屋家の世嗣《せいし》にあたられる直俊君だ」

和三郎はそういって、沙那とお蓮に両手を引かれて窮屈そうにしている七歳の少年を引き合わせた。

「な、なんと土屋家の世嗣であられるお方か」

小山内と石川はびっくりした様子でその場に膝をつき、頭を下げた。他の者もあわてて二人を見習って平身低頭の態になった。四万三千石の大名の世嗣が、わずか数名の供を連れて、田舎者でごった返す浅草寺に参詣にくるという話など、聞いたこともないはずである。

「岡、この者どもはそちの知り合いか」

大人の中に混じっても直俊君の悠然とした態度は変わりがない。大名の子息特有の奥ゆかしい雄々しさが身についている。

「はい、三河岡崎藩本多家の家臣です。実は江戸に一緒に来る際に、私は狼藉者《ろうぜきもの》の待ち伏せに遭いましてな、その際、この小山内殿と石川殿が助太刀《すけだち》をしてくれました」

ほう、という声が漏れたのは岡崎藩の家臣の間からである。和三郎の背後にいる土屋家の家来は、どうやら呆然《ぼうぜん》としている様子だった。

「狼藉者の待ち伏せに遭ったと申すか。岡といると面白いことが次々に起こるな」

「起こります。それで困っております」

和三郎は頭をかいた。

「本多家の家臣の方々、どうぞ頭を上げてたもれ」

直俊君は幼いにもかかわらず他の藩の者にも気を遣うことのできる方だった。小山内らの顔面は紅潮している。それに驚いてもいる。そんな困惑した様子でみなは立ち上がった。

「大変失礼を致しました」

小山内は几帳面《きちようめん》に再び頭を下げた。それから和三郎に口元を寄せて耳打ちをした。

「吉原どころではなさそうだな」

「そうです、ないです」

和三郎も小山内に合わせて小声で応えた。

「若君のお供をするとは、おぬし大分出世したな」

「実はそうではないのです。これには語るも涙の物語が隠されているのでござる」

「ふむ。想像はつかんが、おぬしの身の回りには何が起きても不思議ではなさそうだ。で、今、おぬしはどこにいる」

「八丁堀炭町の中村一心斎道場です。是非顔を見せて下さい」

小山内は力強く頷いた。

「必ず参る。中村一心斎殿の高名は聞いておる。道場の寮にでもおるのか」

「寮ではなく、勝手に居座っておるのです。私は中村先生の弟子になりました」

すると顔を離した小山内の目に驚嘆の光が渦巻いた。

「ならば、是非、男谷精一郎《おたにせいいちろう》先生の道場を訪ねてくれ。男谷先生がたった一人かなわなかった剣客が、中村一心斎殿と聞いておる。男谷精一郎先生は島田虎之助先生の師にあたるお方なのだ」

剣術を志す者にとっては、島田虎之助の名前は剣神に等しい。その師にあたる人となると、一体どういうことになってしまうのか。直心影流《じきしんかげ》の男谷精一郎殿といえば日本一の剣客と噂の高い方である。とても簡単に道場を訪ねることなど、和三郎にはできそうにない。

「そうでしたか。しかし、先ほど墓参りにきたといわれましたが」

「うむ、島田先生は昨年亡くなったのだ」

小山内は体をはずすと直俊君に再び頭を下げた。

「お引き留めして申し訳ございません。お江戸見物をお邪魔してしまったようです」

直俊君は微笑《ほほえ》んでいる。

「その狼藉者は何人いたのじゃ？」

「はっ？」

「岡が待ち伏せに遭ったという悪人じゃ」

「あ、最初は三名、そののち二人ほど加わって五名になり申した」

「そちが斬り捨てたのか」

「い、いや、それがしの手に負えるような相手ではございません。それがしどもが加勢して仕留めたのは三人。あとの者は和三郎殿が斬りました」

「やはりな」

直俊君はうんうんと頷いて感心している。

和三郎は沙那の様子をそっと盗み見た。沙那は口元を締めて、それとなく微笑んでいるようだった。だが、微笑むわけはあるまい、と和三郎は否定していた。どうも沙那は女子としてはぶっそうなところがある。

「儂《わし》らは浅草奥山で蛇遣いなどを冷やかしてくる。ただ、あそこも若君には薦められんな。女相撲どころではないからな。それにきれいなお女中もいることだしな」

そう小山内は囁《ささや》いた。女相撲はよろしくないなと和三郎は思って聞いていた。

「中村座《なかむらざ》あたりでも散策したらどうだ」

「そうする」

「石川、今度、岡さんのいる道場に陣中見舞いすることになった。土産をよろしく頼むぞ」

小山内は傍《そば》にいる石川久之助に顔を向けていった。

「あ、は、いや、分かりました」

なんだか妙に石川はあわてている。

「実はみな、手元不如意なのだよ。土産物さえ買うことができぬのだ」

小山内はそういって笑った。

そこで本多家の者たちと別れて、和三郎は沼澤の案内で浅草寺境内のすぐ脇道の猿若町《さるわかちよう》といわれる一帯を見物した。寄席《よせ》や見世物小屋だけでなく、市村座《いちむらざ》、中村座と連なる一大歓楽街で、「おい、ここが寺の裏か」と下屋敷に住まいする貧しい侍たちは目を丸くして歩いた。

雷門の近くで待っていた馬に直俊君を乗せると、一行は浅草御門を目指して南に道をとった。あたりには旗本の屋敷が多い。周囲は急に人気《ひとけ》がなくなり、奇妙なほど静まり返っている。和三郎が後ろを振り返ると、みなの視線が煮売り屋や茶漬屋に向けられている。

「沼澤氏、おぬしらは昼食をすませたのか」

「まだだ」

沼澤は不機嫌なツラで答えた。

「どうしたらいいかの」

「柳橋《やなぎばし》に泥鰌汁《どじようじる》を食わせる店がある。なかなかの人気だ」

「では行ってみるか」

泥鰌汁など沙那が食うだろうかと、和三郎は沙那のそっけない顔つきを盗み見して呟いていた。旗本屋敷の続く道から町家に入ると、櫛《くし》や簪《かんざし》を売る店が暖簾《のれん》を風にはためかせていた。白粉《おしろい》屋などは柳橋の芸妓《げいぎ》が贔屓《ひいき》にしているのだろうが、沙那とお蓮はそれとなく、そちらに視線をやっている。

沼澤もその方面にはうといとみえて、さっさと通り過ぎていく。泥鰌汁は好かんなあと思いながら、和三郎は沼澤のあとについて柳橋に行った。

四

お茶屋には若い男女が道行く人に顔を向けて、団子なぞを笑いながら食っている。

越前野山領では若い男女が茶屋に行くことなんてありえない。料理茶屋に行く者もいるが、それは上士《じょうし》だけだ。両国あたりでは武家姿の女でも目立つことはない。ただ、やはり沙那の美しさにめざとく目を留める男はいる。というより向こうから来る者は、武士も町人もみな足を止めて沙那を見つめるのである。

ここは人足や職人でいっぱいで、日干しを肴《さかな》に真昼間から酒を飲んでいる者もいる。

大して腹は減っていなかったが、みなに付き合う格好で泥鰌汁を食わせる店の床几に座った。侍ふたりは酒を飲みたそうな顔つきでいたが、直俊君に遠慮してさすがに控えていた。

その直俊君はお蓮に食べ方を教えてもらいながら泥鰌汁を飯にかけている。沙那もいやな顔をみせずに控えめに飯を口に運んでいる。どこかで言い争う男の声がしたが、女ふたりは落ち着いて食事を進めている。かえって沼澤や侍の方がそちらを気にしている。

柳橋を渡るとそこは両国広小路である。一気に人でごった返した。本所側から両国橋を渡ってやってくる者と西から来た者、日本橋の方からやってきた者、田舎から来た者と互いの肩をぶつけ合いながら、そこいらにかかっている大道芸人の出し物を眺めている。

ここら日本橋北内神田《うちかんだ》から両国浜町《はまちょう》一帯は、江戸でも最も賑《にぎ》わうあたりで、町家が密集している。神田川を西に半里ほどいくと、土屋家の上屋敷がある筋違橋門に出る。ここらは賑やかでも、浅草御門から筋違橋門までの南側は、柳橋通りという辻斬《つじぎ》りの名所にもなっているのである。

もっともそう呼ばれるのは、かつて新刀の試し斬りをした旗本が出たためで、柳の枝がそよぐと確かにさみしい通りになるが、辻斬りなど三十年以上出没したことはない。だが、そこはいつも湿った深い闇の支配するところである。

広小路にはお茶屋が並んでいる。浅草仲見世とは違った小屋掛けが並んでいる。飴屋《あめや》、ちらし寿司《ずし》など食いもの屋の屋台も多いが、ヘンな出し物を見せるところも多い。

猿回しはかわいいが、かわいそうな蛇娘とかいって客を呼び寄せ、中に入ると筵《むしろ》を敷いた台の上で、蛇を喰《く》う婆あが真っ赤な口紅を引いて不気味な笑みを見せていたりする。

大いたちと書かれた幟《のぼり》につられて木戸銭を払って入ったら、大きな板に鶏の首をちょんぎって板に血を飛ばすというイカサマ芸をやっていた。土屋家の侍は腹を立てたが、江戸者は怒ったり、大笑いをしたりしていた。田舎者はただ呆然として口を開けている。

芝居小屋もいくつかある。中村座の向こうを張って派手な幟を上げ、「実盛《さねもり》物語」や「仮名手本忠臣蔵《かなでほんちゆうしんぐら》・祇園一力逢瀬《ぎおんいちりきおうせ》の場」などと一部本物とは変えてしたためていたり、「江戸の怪力女、米俵五俵」などを上演している気楽な一座もある。

直俊君や武家の女には、少し刺激が強すぎるのではないかと案じながらあたりを眺めていると、

「旦那、岡の旦那じゃありませんか」

と呼びかける者がいる。

見ると白く白粉を塗った喉仏のある妙なのが、背中を丸めてお辞儀をしている。そこは広小路の西側で、幟には極楽座《ごくらくざ》と一座の名前が書かれている。

「青八《せいはち》でがすよ、箱根湯本《ゆもと》でお世話になった旅の一座の青八です」

さらわれた盲目の娘とその母親を救うために、浪人どもがこもる廃寺に小太りの芸妓、それに水ノ助と共に潜入したとき大いに手助けをしてくれた旅芸人だ。

「やっとお会いできましたね。江戸に行きゃあ旦那に会えると思っていたんですよ。おーいみんなあ、岡の旦那だ、やっと会えたぞ」

すると小屋の前で刷り物を配っていた女たちが、わっと喚いて駆けてきた。みな旅芸人の一座の娘で、芝居の舞台に上がるだけでなく、客を呼び寄せる仕事も負わされているらしい。今日は蝶々《ちょうちょ》や花や色とりどりの模様の着物を着て派手なことこの上ない。

「旦那あ」

「会いたかったよう」

「あたいこの芝居で娘役やっているのよ。山賊に襲われるのさ。見ていってよ」

娘たちがひと目をはばからずに和三郎に取り付いてくる。

「芝居に出る者が刷り物などを撒《ま》いているのか」

「親方が厳しいからね。幕が開く間際までこうして呼び込みをさせられるのさ」

そういって娘は笑っている。湯の中で裸で泣いていた娘の姿が思い出された。

「旦那、見て下せえ。これが今やっている出し物でさあ」

看板には「若武者、箱根湯本山賊退治」と大きな文字で書かれている。

「旦那のご活躍を百年後まで残そうと思い立ちましてね、わっしが本を書きましたのさ。すごい大当たりでね、昼の部はもう満員でさあ。旦那のご高名は江戸中に轟《とどろ》いていますぜ」

さすがに和三郎は驚いた。

「おい、青八、岡和三郎の姓名をそのまま使ったのではあるまいな」

「勿論《もちろん》、そのまま使わせてもらっていますよ。なんといっても旦那は英雄ですからね、隠しておくことじゃござんせん」

和三郎は青八の頭を叩いた。ぴしゃりと小気味いい音がした。娘たちは声をたてて笑った。

「それは困る。たとえ自慢になることでも、表沙汰にしてもらっては困るのだ。是非、姓名を変えてもらいたい」

「おい、山賊退治とは何だ。これは岡和三郎を素材にした芝居なのか」

沼澤が口の端から泡を飛ばしている。隣にいた小野田が、「おい、山賊退治だとよ」と騒いでいる。

「岡殿は、箱根でそんなことをやっていたのか」

と平田が細い顋を撫《な》でながら感心した。

「岡様って何処《どこ》に行っても大活躍なんですねえ」

とお蓮は目を潤ませている。そんなことを耳にした人々が周囲に集まりだしている。

「この浪人さんがこの芝居の若武者だとさ」

「へえ、そりゃすごいや。確かに若武者だね、背え高いし、強そうだ」

「このお侍さんみたいなのばかりだったら、黒船でやってきた毛唐どもなんかイチコロだ」

なんぞと囁き合っている。

馬上の直俊君も聞きつけて、「それはどういうことじゃ、詳しく聞かせてたもれ」と沙那に尋ねている。馬まで長い顔を向けている。沙那は当惑した様子で俯《うつむ》いている。沙那には山賊どもから盲目の娘を救い出したことなどは話していなかった。

（番頭《ばんがしら》の中越呉一郎が指揮する浪人組の三人を打ち伏せたり、中屋敷を襲って四千両を奪ったり、十数名を相手に果たし合いをしたり、はたまた今朝は国許から送られてきた討手《うちて》を、こちらから出向いて斬り殺したり、うらのやっていることは、何事も控え目に暮らしている土屋家家来のやっていることとは思えん。常軌を逸している）

町人どもから囲まれながら、これも定めかの、と和三郎は腕組みをした。

そのとき少し離れたところで怒鳴り合う男どもの声が、ざわめきの中でひときわ高く響いてきた。

「お、喧嘩《けんか》だ」

「どこだ」

「あそこだ。取っ組み合っているぜ」

物見高い人々の視線はそちら側に向けられた。十名ほどの人がどっとそちらに走っていく。

「おーい、芝居はもう始まるぜ。喧嘩なんかより芝居だよー」

青八の叫び声も喧嘩騒ぎの喧騒にかき消されている。

和三郎はむしろほっとしていた。今朝の中屋敷での一件は、和三郎の肉体を蝕《むしば》んでいた。町人の喧嘩騒ぎが、ぐったりしていた体を慰めてくれるようだ。

土屋家の者の興味も喧嘩する町人に向けられている。それでそれとなく和三郎も、殴ったり蹴り飛ばしたりしている四人の遊び人風の町人を眺めた。

二人ずつが相手になって襟を摑んだり、殴ったりしているようなのだが、その取っ組み合いがどこか芝居がかっている。動きが大げさなのである。殴るのであれば、相手に対してまっすぐに腕を伸ばすのが常道であるのに、喧嘩慣れしている割には腕の振りが大きくてゆるい。

(喧嘩慣れしているのではなく、喧嘩する芝居に慣れているのだ)

そう思って見物人たちを眺めていると、二人ばかり違った動きをする者がいる。注意して見ていると、ひとりが見物人の懐に素早く指を入れて財布を抜き取っている。

それを別の男にとっさに預けているのである。

喧嘩はなぜか仲裁する者が出てきて、なんとなく収まった。

人々が散りだした。

あの四人もグルだ、そう思った。

五

「おい、そこら辺にいる同心に掏摸《すり》だと知らせてくれ」

和三郎は小野田豊平にそう囁いた。えっ？　と驚いた顔で見上げた小野田に、

「岡っ引きでもいい。このあたりには何人かいるはずだ。沼澤氏、喧嘩をしていた四人が掏摸だ。まずそいつらを捕まえる」

そういって沼澤の袖を引いて一味の消えた方に急いだ。

喧嘩していた四人にはすぐに追いついた。和三郎はまず背後から二人の頭を摑《つか》むと、互いの頭をがっつりとぶつけ合った。

「ぎゃあ！」

「痛《いて》え！」

二人がわめき声をあげると少し前を行く二人が振り返った。そのときには和三

郎の拳が二人の腹と首筋を打っていた。

「なんでえ、どうしたんでえ」

と駆けつけてきたのは岡っ引きとその下っ引き二人である。

「こいつらは掏摸の仲間だ」

「なんだと」

岡っ引きが喚くのと、腹を打たれて蹲《うずくま》っていた男が匕首《あいくち》を抜くのが同時だった。

和三郎はすかさず匕首を奪うと、鞘《さや》を放り投げて匕首の柄元《つかもと》で男の脳天を高いところから打ち付けた。

「沼澤氏、あとは頼むぞ」

「おう」

と答えた沼澤は小野田と平田に手伝わせて四人の掏摸を縛り上げている。

和三郎は人ごみに紛れ込んでいく掏摸を追った。後ろを振り向いた掏摸は、自分が追われていることに気づいて泡食って走り出した。和三郎も剝《む》き出しの匕首を持って走った。

人ごみが丁度切れるあたりに来て、掏摸の背中まで一直線に空間ができた。和三郎は十間の距離をためらわずに匕首で投げつけた。背中に当たったが、匕首が刺さったわけではない。掏摸はいったん跳び上がると、無我夢中で駆け出した。和三郎は落ちた匕首を拾い上げた。

そのとき和三郎の傍を黒い影が駆け抜けていった。黒い影は人々の頭の上を跳躍すると、掏摸の首筋に喰らい付いた。

「ひゃあー」

掏摸は悲鳴をあげてすっ転んだ。和三郎は全速力で走り寄り、そいつの胸の上にのしかかると、間髪を入れずに二の腕の腱《けん》を切った。掏摸は絶望的な悲鳴をあげた。もう指は使えない。

「おい、岡っ引き、こいつが掏摸を働いたやつだ。だが、首魁《しゆかい》は別にいる。そいつが盗んだ財布を持っているはずだ」

「いったいそいつはどこにいるんで」

「それが分からん。どこからか盗み見ているはずだが、姿は見えん」

「なに、こいつに石を抱かせりゃ、口を割りますよ」

岡っ引きが掏摸を縛り上げながら、歯ぎしりをたてた。

和三郎は人ごみを透かし見た。

（あの男の顔には見覚えがある）

そう思っていた。

千百石船が脳裏に浮かんできた。その背後からふらりと立ち上がった老剣士の風貌が垣間《かいま》見《み》えた。

（中村一心斎先生だ。そうだ、掏摸はあのときあの船にいた江戸者に違いない）

思い出すと同時に、和三郎の脇腹がうずいた。掏摸から匕首で刺された脇腹の修繕に、和三郎は数日間苦しんだものだった。傷口は四ヶ月たった今でも脇腹に残っている。

（今切《いまぎれ》の渡しから浜名《はまな》湖を渡って舞坂《まいさか》宿に行く船の中だ。どこにでもいる町人かと見下していたら、とんだしっぺ返しを喰らった）

やつらは船中で掏摸を働いていた。傷を負いながらも、大立ち回りの末、そいつらを捕らえたのは和三郎だった。だが、掏摸から盗まれたお大尽《だいじん》の財布を取り返し、礼金を受け取ったのは、何故《なぜ》か老剣士だった。

キョロキョロしていると馬に乗った直俊君が追いついてきた。一太郎も傍にきてハアハアとやっている。

「率爾《そつじ》ながらお尋ね申す。それがしは同心の山国忠彰《やまくにただあき》と申す者でござる。掏摸を捕らえたというのは、お手前か」

　黒羽織を着た同心が、上目遣いにそう聞いてきた。顎の張った頬の窪《くぼ》みに黒子《ほくろ》のある男である。横にいるのは岡っ引きだ。

「さようです。五人捕らえたが肝心の首魁が見つからん」

「五人ともふん縛って大番屋に引き立てた。こいつは五助《ごすけ》と申して、それがしが手札を与えておる。さて、首魁はもうとっくに逃げ失《う》せたであろうが、おい五助、おまえは喧嘩を見ていたのであろう。首魁のツラは分かるな」

　五助は背を屈《かが》めて頭をかいた。喧嘩騒ぎが掏摸の起こした芝居だとは、岡っ引きも気づかなかったはずだ。

「岡、逃げた掏摸なら、あそこにおるぞ」

　不意に馬上から声がかかった。直俊君が指差す先に大きな用水桶《ようすいおけ》がある。そこは米沢町《よねざわちょう》一丁目と二丁目が交差したあたりで、用水桶から頭が見え隠れしている。

　わっと小野田と平田がそちらに向かって走り出した。だが、追っ手が来たと察知した掏摸は、込み入った小路《こうじ》に逃げ込んだ。

「おい五助、挟み撃ちだ」

同心の山国が怒鳴った。五助はがに股をとばして一丁目の方に走った。和三郎は二丁目の路地に向かった。

だが、最初に掏摸を捕らえたのはやはり一太郎だった。掏摸の袖に食いついて腰を引いている。唸り声とともに牙がむき出しになり、いまにも掏摸の太腿に食いつきそうだ。

「こやつ」

小野田が飛びついて掏摸の腕を取った。それを目の血走った掏摸が、匕首を振りかざして払った。小野田は尻餅をついた。

掏摸は喧嘩慣れしている。匕首の使い方も尋常ではない。町道場で竹刀《しない》を振り回して得意になっている武士では返り討ちにあうだろう。

路地の反対側から五助が走ってきた。

和三郎は五助から死角になっているのを確かめると、掏摸から奪い取った匕首を、掏摸の首魁の脇腹にずぶりと突き刺した。

ぎょっとした掏摸の目が和三郎を振り仰いだ。

「て、てめえ」

掏摸は唾を飛ばした。和三郎はさらに深く匕首を突き刺した。切っ先が肋骨《ろっこつ》に当たり、ぐりぐりと音がした。

「舞坂宿の手前で貴様に刺されたお礼だ。打ち首になる前におれが一刺し見舞ってやった。泣いて地獄に行け」

そう掏摸の耳元で囁くと、やってきた五助に手渡した。血がどくどくと噴き出て路地を茶色に染めている。

掏摸は立つことも喋《しゃべ》ることもできずに、ただ地面にへばりついている。その懐から財布が四個出てきた。

「こいつは与三郎《よさぶろう》といってここらあたりを根城にしている掏摸の頭領だ。ずっと探索しておったのだが、なかなか尻尾を摑ませんでな、難儀しておったのじゃ」

同心の山国忠彰は、頑丈な顔と筋肉のついた骨格を向けて、和三郎に丁寧にお辞儀をした。同心にしては礼儀をわきまえた男だった。

「率爾ながら、お手前はどこのご家中のお方かな。ご浪人にはお見受けできないが」

「そうですね。では申し上げましょう。私は土屋備前守《びぜんのかみ》の家来で、岡和三郎と申す者です。ここにいるのは土屋家の家臣です。それからこちらにおられますお方は、土屋家お世継ぎの直俊君です」

和三郎は馬上の直俊君を斜めに見上げた。ゲッ、と呻《うめ》いたのは同心の山国である。おろおろしている様はツラに似合わずなんとも愛らしい。

「それがしは、三十俵二人扶持《ににんぶち》のしがない同心でして、今月はここらあたりをそれがしが巡回しておりましてな。いや、ご世継ぎとは恐れ入ってございます。失礼の段、お詫《わ》びいたします」

それから山国は、まだ地面でもがいている掏摸を縛ったまま突っ立っている五助を怒鳴った。

「おい、いつまでこんな見苦しいやつを押さえておるのじゃ。とっとと大番屋に連れて行かんか。与力の長尾《ながお》様がこられるまで柱に縛り付けておくんだぞ」

そう怒鳴られると、何の罪もない五助はへえへえといって掏摸の与三郎を引き立てていった。

「それにしても見事な腕前ですな。幕臣でもそれだけの剣を遣われる方はおられませんぞ」

すると平田伊右衛門が不意に横から口を出した。

「それはそうでしょう。練兵館の斎藤歓之助を打ち破ったんじゃからな」

「ええっ！　あの鬼歓に勝ったと申すのか！」

和三郎はあわてた。こんなところで自慢話を広められるのは、無用な敵を増やすだけで困るのである。

「いや、あれはよくて引き分け。実際は当方が負けておりました」

「いや、すごいすごい。凄《すご》いお方が隠れておったものじゃ」

「いや、今日一番の働き手はここにいる犬です。これは一太郎といいまして、そこいらであくびをしている野良犬とは違って、直俊君を守る家来の一員なのです」

そういうと、なるほどといって山国は急に相好を崩した。膝を折って一太郎の頭を撫でようとしたが、一太郎は牙を剝き出した。唸り声が低く響いた。

山国は、そうじゃ、といって袖から紙袋を取り出した。

「これは駿河屋《するがや》のういろうでな。さきほどもらったのだが、このワン公様はういろうを召し上がるかな」

「腹が減っているので召し上がると思います」

和三郎がそういうと山国はこわごわういろうを一太郎に差し出したが、一太郎は横を向いたままだった。

「あとで私がやっておきます」

しょげ返っている山国が気の毒になって、和三郎は仕方なくういろうを受け取った。山国の顔に笑みが浮いた。鬼の面が笑ったようで何だか不気味だった。

「今後も何かあればそれがしのところまでお訪ね下さい。北町奉行所の山国忠彰と申す」

「うん……」

といって和三郎は思案する風をした。そこで思いついたことがある。

「この道を西にまっすぐに半里ほどいけば土屋家の上屋敷に出ます。もしそこで何か聞き及んだことがあれば、八丁堀炭町の中村一心斎道場までお知らせ願えませんか」

するととたんに山国は困った様子になった。

「いや武家方のことに関しては、町方は関わりあってはならんことになっていてな。どうにも手が出せん」

「さようですか」

「じゃが、何か小耳に挟むことがあれば、それがし個人の裁量で炭町の中村道場までお知らせに上がろう。それがしの組屋敷とは目と鼻の先じゃ。三十俵二人扶持などいつ捨ててもいいんじゃ。どうせ養子だしな」

ははと山国は乾いた声で笑うと、直俊君に丁寧にお辞儀をして、掏摸が待つ大番屋に小走りに向かっていった。

「何だか、あの同心は随分売り込んでおったようじゃが」

沼澤庄二郎がどうにも腑《ふ》に落ちないといった様子で首を傾《かし》げた。

「沼澤さん、それは当然ですよ。黒船騒ぎで幕府はどうなるか分かりませんからね。早いうちに次の仕官先を決めておいた方が得策です」

小野田豊平が当然だという顔つきでいった。

「岡といると愉快じゃ。江戸見物も楽しいものじゃ」

馬上にいる直俊君は感心したようにいった。馬も大きな瞳を和三郎に向けている。

「それに岡さんて変わった知り合いがいるんですね。本多家の家臣でしょ、それに女形《おやま》の役者、女の子たち。掏摸だって顔見知りだったんじゃないんですか」

お蓮が後ろから出てきて笑い顔でいった。

「掏摸の顔見知りなんておりませんよ。それより私はこれから千葉定吉先生の道場に行くつもりなんです。土佐《とさ》の坂本竜馬という友人が稽古をしているので覗いてみます」

「あ、それ面白そう。剣術道場なら沼澤さんたちも他流試合を申し込んでみたら。ねえ、そうしなさいよ」

まるで町娘のようにはしゃいでいるお蓮だったが、けしかけられた沼澤たち三人は、急に顔色が青黒くなって、なんだかそろって意気消沈している。

六

青八に勧められて沙那とお蓮は「箱根湯本山賊退治」を見ることになって、和三郎はほっとした。直俊君も馬丁に馬を預けて、生まれて初めての芝居見物をすることになり、沼澤庄二郎は小野田と平田に、命を懸けて直俊君を護衛するように命じた。

安堵《あんど》したのは命令を受けた二人の侍も同様である。千葉道場での稽古に参加しろといわれたら、剣術修行を怠っていた二人は立つ瀬がない。

和三郎は一太郎を連れて米沢町から旗本屋敷の並ぶ静かな通りを橘町《たちばなちょう》まで行くと、堀にかかる汐見橋《しおみばし》を渡った。そこから千葉定吉道場のある新材木町《しんざいもくちょう》までは数丁のはずなのだが、その道場を探すのに手間取った。

稲荷《いなり》神社の脇道に入り込み、どうにも抜けられなくなって困っていると堀に出た。そこいらも新材木町になるはずで、大八車に野菜を積んで引いている町人に道場の場所を聞くと、杉《すぎ》の森新道《もりしんみち》を入った路地にあるという。

道場は伊東《いとう》という御家人の家の隣にあった。伊東の表札は出ていないが、出入りする植木職人から聞いたのである。なるほどそれらしい建物があり、板壁の向こうから竹刀の音が響いてくる。

それほど広くはないが、二つある武者窓にはどちらも武家勤めの陪臣やら御家人、浪人がたかって中を覗いている。和三郎は町人たちの後ろに立って道場の様子を眺めた。

古手の門弟らしい稽古着姿の侍が三人、中央に出てそれぞれ門弟の相手をしている。道場には三、四十名の者がひしめき合っている。稽古をしていない者は、壁板を背に正座をしている。どうやら師範代から指名がかかるのを待っているらしい。

竜馬はどこにいるのか、と思って探してみると、何と三名いる古手の門弟のひとりが竜馬だった。防具をつけて師範代然としているので、すぐには分からなかったのである。

「次！」

竜馬は面の奥から相稽古の相手を呼び出した。ひとりが竹刀を構えて佇むと、激しい気合を掛けてすかさず面を打った。なかなか鋭い面打ちである。

竜馬は次々に門弟の相手をした。門弟は旗本か御家人の子弟らしいが、剣術は未熟である。みな十代も遅くなってから本格的に竹刀を持ったようで、ひどくへっぴり腰の者もいる。

年上でもそんな剣の心得のない者たちを、竜馬は容赦なく打ち据えているのである。

(さすが小栗流和兵目録だ)

と和三郎は感心した。すぐにでも免許皆伝を受けそうな技を会得している。

奥から稽古用の長刀《なぎなた》を抱えた小柄な剣士が現れた。美少女だった。白く細い顔が整っている。剣士は黒地の袴《はかま》に白紋付の上衣《うわぎ》をつけている。剣道より短めの胴着をつけている。するといつの間にか稽古場は静かになり、竜馬も中央から引っ込んで壁際に正座した。

小柄な剣士は正面の神棚に一礼をすると、稽古用の長刀を傍に置いて、道場の隅に座った。手拭いを髪に巻き、面を被《かぶ》った。面垂れは剣道に比べると短い。するとそれを待っていたかのように、面で顔を覆った門弟がひとり立ち上がった。門弟は脛当《すねあ》てをしている。小柄な剣士はそれに合わせて立ち上がると、軽く頭を下げた。

ふたりは相対峙《あいたいじ》して構えた。門弟は竹刀を正眼に構え、小柄な剣士は長刀を脇に構えた。

長刀は流派によって作りに若干の違いがある。槍《やり》が戦場で使われるようになって長刀の各流派は試合での方法に工夫をこらし、実戦でも役立つようにした。だが、それもいつしかすたれた。蘇《よみがえ》ったのは長刀が婦女子の武術としてふさわしいとされるようになったからである。長刀を軽くし、中心軸を動かさずに切っ先を大きく回して相手を襲う技は、婦女子の力でも十分な威力となったからである。一刀流では、長刀を使いこなすことも、小太刀《こだち》と共に初目録を受ける条件に入っている。

剣士の手にしている稽古用の長刀は木刀より細く仕上げられている。木刀の柄の部分がそのまま竹刀の刀身にあたる部分になっている。長刀はその刀身部分から竹が接《つ》がれており、先端は本物の長刀と同じように湾曲している。切っ先にはお手玉のような丸い穂が付けられている。

長刀の柄元から先端まで計ると、およそ竹刀の倍の長さになる。

（間合いが勝負の鍵になる。長刀の欠点は、自分の間合いに相手から先に踏み込まれることだ）

門弟の気合が道場に響き渡り、竹刀と木製の長刀が高いところで交錯した。次の瞬間、門弟の脛当てから竹が弾《はじ》ける音がして、門弟はその場で横転した。

小柄な剣士はまだ構えを解かずに、穂先を門弟に向けている。呼応するように門弟は起き上がると、すかさず突いた。剣士は敏捷に背後に飛ぶと、下段に構えていた長刀を下からすくい上げた。胴が音をたてると、さらに返す勢いで上から面を打った。強烈な一撃が相手の体を貫いた。脳天を打たれた門弟は、そのまま昏倒《こんとう》した。

それから五人の門弟が小柄な剣士と立ち合ったが、みな三合と竹刀を重ねないうちに、面を、小手を、またある者は脛を斬られて敗退していった。

六人目に竜馬が立った。竜馬は竹刀ではなく稽古用の長刀を構えて対峙した。脛当てもつけていた。同じ土俵で戦うという姿勢である。

先につっかけたのは竜馬の突きであった。剣士はその切っ先を抜くと脛を打った。かろうじて片足を上げてかわしたが、次にきた脛打ちで竜馬は体勢を大きく崩した。

小柄な剣士はあえて深追いしようとはせず、竜馬が中央に戻るのを待った。呼吸を整えた竜馬は小手から渾身《こんしん》の面を打って出た。剣士は体を沈め気味にして長刀を振った。脛から乾いた音が鳴った。

(面抜き脛だ)

打ってきた相手の面をかわしざま脛を打つのである。ごく基本的な技だが、竹刀を使う稽古では、流派を問わず長刀のこの面抜き脛に泣かされている。対峙した者は脛まで目が届かないのである。気づいたときには脛が斬られている。

長刀ではないが、柳剛《りゅうこう》流の遣い手に脛斬りをよくする者がいると和三郎は聞いている。それは不意打ち同然の技だ。

竜馬は小柄な剣士とよく立ち合った。しかし、最後には面と脛を連続して打たれて稽古用の長刀を床に落とした。

(この人は千葉道場の人ではないのか)

その足さばきと小気味良い長刀さばきは、和三郎がこれまで会った長刀の師範以上の強さを秘めた技倆《ぎりょう》の持ち主だった。豪剣とは違う。まるで噂に聞く牛若丸《うしわかまる》のように華麗で敏捷さを含んでいるのである。

(このような女子に対しては、剛力に頼っては敵《かな》わない。要求されるのは力では

なく、風だ）

和三郎が武者窓の外でうめいている間に、小柄な剣士は面を取り、手拭いで首筋をぬぐった。その本来は白いであろう首筋が紅く染まり、頬にはほんのり血の気が差している。稽古直後だというのに切れ長の眼《め》が涼しげだった。

すると、奥から三十歳くらいの筋骨隆々とした剣客が現れた。顔のごつさは美少女とは似ても似つかないが、といって全然違うわけでもない。それとなく美少女の面影がこの剣客にも宿っている。美少女は出てきた男に一礼すると、入れ替わりに奥に引っ込んだ。

「千葉重太郎《じゅうたろう》様だ」

そう囁く町人がいた。千葉定吉の長男である。いつだったか、竜馬は重太郎先生にしごかれたというようなことをいっていた。品川の防衛から江戸に戻って間もなくの頃だったかもしれない。

神棚に柏手《かしわで》をうち、一礼してから、剣士は黙想に入った。

瞑想《めいそう》から覚めると、重太郎は竹刀を取った。十名ずつ相対峙させた地稽古でも始まるのかと思ったが、そうではなかった。

千葉重太郎は自ら道場に進み出て、誰かの名を呼んだ。すると、面と胴着をつけて準備していた者が立ち上がり、うやうやしく礼をして重太郎の前に佇んだ。ふたりは蹲踞《そんきょ》の姿勢から竹刀を正眼に構えた。相当な熟練者である。だが重太郎の方では防具をつけず、静かに佇んでいる。

門弟は打ち込むことができないようで、足がすくみじりじりと下がっていく。

悲鳴を出したのは門弟の方だった。

町人には何が起こったのか理解できなかったようだが、和三郎は重太郎の足が床をすべり、わずか三寸だけ上がった切っ先が相手の面をきつくとらえるのを目撃していた。電光石火の早業だった。

相手をした門弟の面は弾かれ、大きな図体《ずうたい》は壁際まで飛ばされている。失神しているのは明らかだった。

それから重太郎は五人を次々に指名して稽古の相手をした。だが重太郎の竹刀から音はしなかった。相手の竹刀はいたずらに空を斬り、面や胴を抜かれて倒れていった。

和三郎は大きくため息をつくと、武者窓から離れた。他の侍たちもぐったりした様子で肩を落として帰っていく。

一言竜馬に挨拶をして帰ろうと思っていた和三郎だったが、とてもそういう雰囲気ではないと察して道場を離れた。

ところが狭い路地に出たところで、

「おい、岡和三郎」

といきなり姓名を呼ばれた。今日はこれで二度呼び止められた。

振り返ると、道場の玄関に稽古着をつけた竜馬が突っ立っている。

「なんや、挨拶もせんで帰るのか」

「いや、そう思ったが、色々と立て込んでおるようだから、またにしようと思ってな」

「入門するのではなかったのか」

どこまで本気でいっているのか分からなかったが、竜馬は珍しく硬い表情をしている。

「ともかく道場に来い。千葉重太郎先生がお呼びだ」

「お呼び？　うらをか？」

「そうじゃ。貴様をお呼びじゃ」

どうして自分のことを知っているのだろう、と不思議に思いながら和三郎は竜馬について道場に入った。

七

道場の壁際に座っている門弟の前で、千葉重太郎と面会した和三郎は、いきなり姓名を尋ねられた。

「岡和三郎と申します」

床に座ってお辞儀をした。重太郎は頷いた。上からじっと見下ろしている。白い稽古着に濃紺の袴をつけた重太郎は、彫りの深い容貌をしている。目鼻口、ひとつひとつを取り上げても、それぞれが際立っている。

その落ち着いた貫禄は武田道場の師範代大石小十郎に通じる趣がある。視線を合わせただけで、その技倆が自分より数段勝っていることも感じられる。

ただ、大石小十郎の場合は目下の者、土屋家でも上士以外の門弟に対しては冷ややかだった。

「千葉重太郎と申す。師範代をしておる。では参るか」

佇んだまま重太郎はそういった。実に自然な物言いである。

和三郎は深い谷底に突き落とされたような喪失感を抱いた。和三郎の座っている床が、突然重太郎によって一枚の敷物のように取り払われた思いがしたのである。

「参る？　どこへ参るのですか」

失笑が門弟の間から漏れた。和三郎の江戸弁は付け焼刃で、どこかに越前の訛《なま》りがあったようである。

失笑の原因をそういう風にとらえていた。だが、違った。

「おぬしは立ち合いが望みなのではないか」

「そうです」

「だから、参る、といったのだ。どれでもよいから木刀を取れ」

壁には道場に置かれた木刀がいくつか掛けられている。いきなり木刀で立ち合いをするという道場があるとは思ってもみなかった。

それでちょっと意表を衝《つ》かれていたのだが、一体なぜ、重太郎が自分を指名したのかも理解できずにいた。

重太郎はずっと門弟を相手に稽古をしていたはずである。武者窓に群がる見物人の人相を、いちいち確かめている暇などなかったはずである。

「稽古をつけて下さるのですか」

「そうだ」

重太郎は和らいだ目でそういった。

「しかし、稽古着を持ってきておりません」

今日は江戸見物に出たのだ。防具の用意もしていない。母から手渡された脇差《わきざし》を差しているだけである。それだって実戦で使うつもりはない。

「そのままで構わん。気に入ったものがあったら手に取られるとよい」

そういわれて並んでいる木刀の内から、細くて切っ先が丸みを帯びている古い木刀を選んで右手で振った。

なぜだか重太郎は白い歯を見せた。

その背後の廊下から細い影が煙のように現れて道場の片隅に座った。人の気配を感じさせないその動きに、白拍子《しらびようし》のようなはかなげでやわらかい動きを和三郎は感じた。

先ほど長刀を使った剣士だった。

物腰から重太郎の妹であるのかもしれなかった。

竜馬はその剣士から四番目のところに座っている。片列だけで先頭から最後尾まで二十名以上はいる。みなの視線が、重太郎と和三郎に注がれている。

竜馬も下唇を突き出すようにして見つめている。木刀で稽古をすることがここでは日常茶飯事なのだろうか、それとも道場破りのような浪人だけに対する師範代のやり方なのだろうか。先ほどらい、門弟はみな防具をつけて重太郎と立ち合っている。

〈江戸の道場は、どこでも他流の門下の者との立ち合いはしないと聞いているが〉

広島藩の逸見弥平次も、道場見学に出た足軽の吉井もいっていたことだ。だが、重太郎の伯父《おじ》である千葉周作は地方にまでその名が行き届いているせいか、門弟には各藩から選抜されて学びに来ている者が多い。そのため宿舎まで用意してあると聞いている。

新材木町の千葉定吉道場でも各地から乗り込んでくる修行人が多いはずだ。だが、師範代と立ち合いをするためには、入門礼金ともいうべき束脩《そくしゆう》を納めて、初めて稽古を許されるというのが通常のしきたりである。

和三郎は戸惑いながら、木刀を左手にして重太郎の前に進み出た。

ふたりは腰を落とし、木刀の切っ先を合わせて蹲踞の姿勢をした。

和三郎にとっては、江戸に来て初めて経験する剣術修行である。

どちらからともなく立ち上がった。すでに試合に入っている。立ち会う審判はいない。

ふたりの間合いは一間ほどあった。

それがまたたく間に六尺に狭まった。

重太郎は下段星眼《せいがん》に構えた。武田一刀流ではそれは正眼の構えになる。

重太郎の大きな目に、獲物を前にした獣のような金色の光が斜めに切り込んで走った。

その木刀の先端が細かく震えている。

（鶺鴒《せきれい》の尾だ）

北辰一刀流《ほくしんいっとう》では「鶺鴒の尾のごとく」切っ先を細かく震わせることを教える。だが、聞くと見るとでは大違いである。

重太郎の木刀の切っ先は震えているようで、相手の技を誘っている。「後《ご》の先《せん》」を取る構えである。

だが、待っているだけではない。切っ先は一定の流れを刻みながら自分の出方を相手に探らせまいとしている。いつ、どのような体勢からでも打って出る覚悟ができている。

和三郎は上段に構えをとった。

技倆に勝る相手に対して上段の構えは、明らかな自殺行為である。全身が隙だらけになる。面でも胴でも小手でもどこでもよい、突くなら突け、という空虚《すき》だらけの構えである。

命を投げ出した、と取られてもいい。

実際にそう思ったわけではないが、和三郎の心の中では防御する思いも、攻撃する心も失せていた。

自然に木刀が上段に上がって落ち着いた。

ただ通常の上段の構えと違っていたのは、右足を後ろに引かずに、佇んだその姿勢のまま、木刀を頭上に構えたことである。

右足は前に置かれたままである。柄を持った右手の肘はまっすぐには伸ばさず、幾分緩めに指で支えている。

その姿勢でゆっくりと左足回転をした。

重太郎が合わせた。

体の向きが入れ替わると、重太郎の木刀の切っ先から震えが止まった。鶺鴒の尾が消えた。あとには風が通り過ぎた。

長い静寂が続いた。

「これまで」

重太郎の重々しい声が響いた。

「おぬし、右腕を傷めておるな」

「は、いえ、それはもう治癒致しております」

「これまでにしよう」

ふたりは木刀を納めると礼をし合った。

重太郎は神棚の下に鎮座した。和三郎は最後尾に下がって、静かに目を閉じた。

「今日の稽古はこれまでとする」

と古手の門弟が立ち上がっていうと、みなはもう一度一礼をして着替え部屋に向かった。竜馬が門弟と一緒に着替え部屋に入っていくのを見届けると、和三郎は外に出て夕方の風を胸の奥深くに吸い込んだ。

そのときになって、胸と脇の下にびっしょりと汗をかいているのを知った。すでに冷たくなっていたが、それは真剣で斬られたあとに浮き出た血の流れのような気がした。

すぐに出てくると思っていた竜馬は、ほかの門弟が出てきてもなかなか姿を見せなかった。

四半刻《しはんとき》（約三十分）も過ぎた頃になって、防具袋を肩に背負ってようやく出てきた。

「おう、待っておったか」

「ああ、色々とおぬしの意見も聞きたいと思ってな。それに竜馬も銭がなくなる頃やろ」

「銭はないけんど、屋敷に戻れば飯だけは食える。じゃが、今日は酒を飲みたい気分じゃな」

それまでどこか浮かない表情をしていた竜馬は、自らが口にした酒という言葉で笑みを戻した。

新材木町あたりの堀沿いには居酒屋が並んでいる。柳の枝がそよいで、ふたりに向かっておいでおいでをしているように感じられる。二階建の料理茶屋もある。そこでは芸妓も呼べるらしい。景気のよい材木商などが出入りしている様子だった。

「けんど、おんしは酒を飲まんき。付き合わせては悪いきな」

「気にするな」

竜馬なら吉原遊郭にも行っているのだろうと思いながら、いまごろは吉原に向かっている岡崎の本多家の小山内辰之介や石川久之助らの顔を思い浮かべた。

「ここの二階に上がってみるか」

船宿の二階に向けて顎をしゃくってみせた。だが竜馬は意外なことに首を横に振った。

「おんしの道場にちっくと寄ってから船松町にあった広島藩の隠れ家に行こう。儂にはあの手の場所が一番落ち着くんじゃ、大声を出せば中屋敷に届く距離じゃしな」

「しかし、あそこには吉井という足軽が留守番をしているだけじゃ。他には馬が一頭おるだけじゃぞ」

「酒や肴は途中で都合すりゃよい。吉井はええやつじゃ。ひとりでさみしがっちょるじゃろ」

「そうか、ではうねに鱈鍋《たらなべ》でも作ってもらおう。酒なら酒屋に頼めばいくらでもある」

ふたりは青黒く沈んでいく西空を仰ぎながら橋を渡った。橋からは富士が今日最後の勇姿をねばり強く聳《そび》やかして、中天に肩を怒らせている。

鳥の軍団が大きく旋回して西の山に帰っていく。トンビが小さな体に似合わず、大きな翼を広げて下界を見下ろしながら飛んでいる。越前野山にいる頃は鳥が空を飛ぶのを眺めて感慨にふけった記憶はないが、江戸で見る光景は格別なものがある。家々のかまどから立ち上る煙、板葺《いたぶ》きの屋根、台所にともる火の灯《あか》り、そういったものが、全て懐かしいもののように思えてくる。

八丁堀炭町の道場に戻ると、丁度うねが飯を炊き終えて、広島藩の寮生のための晩飯の用意をしだしたところだった。

うねに船松町の家に行くので鱈鍋の用意をしてくれないかと頼むと、うねは寮生の晩飯をそこそこに終えて、一緒についていくといった。

そこに比丘尼《びくに》のおもんが現れて、

「わたしもひとつ唄でも披露しましょう。倉前さんたちは今夜は重要な会談があるとかで、江戸の重役さんたちと出かけました」

と不満気にいった。だが頬には笑みが浮かんでいる。そういう表情を見るにつけ、男は女には敵わないなと和三郎は思うようになっていた。

広島藩の内紛はいよいよ大きくなって、家老の浅野忠がしたためた建白書が、どうやらお上の心を揺り動かしたらしい。広島藩の改革派には随分世話になっているので、和三郎としては恩義を返したいのだが、それも和三郎ひとりの力ではどうにもならない。

おもんが若い家来に荷を持たせると、一同は暮れてしまった秋の江戸の夜をかいくぐって京橋《きょうばし》の堀にかかる橋を鉤形《かぎがた》に渡り、西本願寺《にしほんがんじ》を巡る築地川にかかる合引橋《あいびきばし》を渡った。すると、ひとまず竜馬が土佐藩中屋敷の寮に防具袋などの荷を置いた。

「大庭儀平《おおばぎへい》や谷村才八《たにむらさいはち》などは飯も食わんと本を読んでおる。やはり選ばれて佐久間象山塾に入塾した者は心構えが違うな」

急いで戻ってきた竜馬は荒い息を吐いてそういった。

「おぬしも選ばれて江戸に修行しにきたのではないのか」

「違うな。儂は隠密《おんみつ》見習いじゃ」

怒ったように竜馬はそういった。それも竜馬流の戯言《ざれごと》だろうと思って、和三郎はやり過ごした。

葦《あし》の原が続く中に漁師の家が点在している。これからイカ漁に出る者もいれば、すでに漁を終えて戻っているところもある。魚を焼く匂いが原っぱの上を漂ってくる。ふた月前、そこでは壮絶な戦さがあったことなど無関心に野原は草をそよがせている。

船松町の家の門を入るところまで来ると、

「ウオーーン」

と一太郎が一番星の輝き始めた夜空に向かって吠えた。すると近くでその声に呼応する犬の吠え声があちこちから響いてきた。

「うーん、こいつはどうやらこのあたりを束ねちゅーようだな。腹を減らした野犬が集まるぞ。ひとつごちそうを用意しちゃらにゃならんな」

竜馬がそう呟くと、

「やあ、いらっしゃい。お待ちしていました」

と腰をかがめて吉井が満面に笑みを浮かべて玄関に出てきた。

「待っていた？　吉井さん、うらたちが来るのが分かっておったんか」

「はい。先に酒屋から酒樽《さかだる》が届いています。じきに鰻《うなぎ》も届きます。江戸湾で捕れた鰻だそうです。やはり鰻の蒲焼《かばやき》は大坂より江戸ですねえ。なんといっても捌《さば》き方もタレも違います」

吉井は久しぶりにみなに会えたせいか妙に上機嫌である。おもんにいわれて料理の具材を運んできた道場の若手とも吉井は顔見知りらしく、互いにおうおうと呼び合っている。もっとも若手はすぐに道場に帰らされた。ここでも、おもんの広島藩における女の勢力の一端を和三郎は見た思いがした。一同はさっそく部屋に入り、竜馬と吉井はおもんの酌で酒を飲みだした。おもんは嫣然《えんぜん》として袖をまくっている。吉井はそれだけで頬が緩んでいる。

（沙那さんももう少し女の魅力を磨かなくてはならんな。あれでは堅苦しすぎる）

おもんを眺めながら和三郎は余計なことまで心配した。

和三郎は出てきた田楽《でんがく》をまず食いながら、大変な一日になってしまったことを反省した。中屋敷にはこれからも国許から援軍が押し寄せてくるのだろうか、と暗澹《あんたん》たる気持ちになったのである。

江戸に来る前は、現藩主の祖父にあたる五代目義崇《よしたか》様が中屋敷に住まいしていると聞かされていたものだが、それはどうやら単なる噂だったようだと分かって、ますます先代の忠国様が胸に抱く野望の行方が見えなくなっていたのである。

（うらのやったことは、単に土屋家を掻《か》き回しただけでないのか）

自分にとっても五代目藩主義崇様は祖父にあたるお方なのだろうが、そういった血縁などというものに、和三郎はまるで信頼がおけなくなってきていた。だから何だという感じなのである。才人を登用するお上こそ、民衆にとっては必要なお方である、と旅を重ねるうちに学んできた。

身も心もくたくたになっていた和三郎が今、察知していたのは、闇の中からひたひたと押し寄せてくる影の軍団の気配である。

もう、ここらが潮時か。

自分ひとりで戦うことの限界をつくづく感じた。

充分に荒らし回った。

ため息混じりにそう呟いた。

八

「千葉重太郎先生が、武者窓から道場を覗いちゅーやつを引き込んで立ち合いをしたのは初めてのことじゃ。儂もあいつを呼んでこいちょいわれたときにはたまげたぞ。しかもまさか先生直々木刀をとって立ち合うとは思わざった」

竜馬は感心したようにいった。黒い双眸《そうぼう》が目まぐるしく天井と畳を動き回った。

「うらも不思議じゃ。どうして先生はうらのことを知ったんじゃろか」

和三郎にしてみれば、竜馬はどんな具合で稽古をしているのだろうと思って覗いてみただけなのである。

「そりゃ分かるさ。武者窓からビンビンと殺気が射《さ》してきておったきな。ま、殺気とはちと違うが、決闘に臨む武者修行の気迫とでもいうたらえいろうか。儂も縮みあがったちや」

「そうか」

それはまだ修行が足りないせいだと和三郎は思った。剣客である以上、殺気などと相手に気取られてはいけないのである。

「帰ろうとすると重太郎先生に呼び止められた。あの者の知り合いかと聞かれたき、剣術修行をしている者で、浜松で出会って以来ですと答えた。まさか土屋家の家来と果たし合いをした仲間だとはいえんきな。重太郎先生はしばらく黙っておられたが、いい剣客になってほしいものだと呟かれた」

「うむ」

酢蛸《すだこ》が出てきたので今度はそちらを食った。それから煮売り屋にでも頼んだものとみえて牛蒡《ごぼう》や生アワビ、煮魚などがどんどん運ばれてくる。

うねが鱈鍋の用意をしだしたときは、かなり腹がたまっていた。おもんは自分で酒を盃に注《つ》いで飲んでいる。ふたりの会話に口を挟もうとはしないが、微笑みは絶えることがない。

「ええ剣客というのは真剣を抜くことのう相手を感服せしめるということじゃ。重太郎先生はおんしの剣がすさみ出しちゅーことにも危惧されちょった」

「うん」

「ただな、どういう修羅場をくぐり抜けてきたかは知らんが、おんしの眼が清廉で一点の曇りもないことに感心されちょった。体が回復したらまた稽古にきてくれともいいよった。重太郎先生が見知らん者にそんなことをいわれるのは初めてのことじゃき、光栄に思わないかん。儂は嫉妬しちゅう」

竜馬は黒子をいじくった。

「おぬしが嫉妬することなかろう。まだ入門して日も浅いのに兄貴分ぶっていたではないか」

「ああ、稽古か。あれは初等部でな、まだ経験の浅い連中が対象じゃ。その中では儂も古手になる」

「古手？　入門してまだ半年じゃろ」

「入門したのは四月じゃ。けんど七月に京から戻ってから、藩命によってざんじ品川の警備につかされたきな。それでも剣術は初心者よりずっと上じゃ。重太郎先生もそれで儂を可愛《かわい》がってくれる」

「あれで初等部か。思っていたより道場には門弟が多く集まっておるな」

すると竜馬は得意気に頷いた。酢蛸をうまそうに食っては酒をぐびりと飲む。

竜馬を見ていると酒を飲まない自分は損な人生を送っているのではないかと思えてくる。

「千葉定吉先生が鳥取藩主の剣術師範になったきな、鳥取藩に仕える者が急に増えた。それに黒船ほたえ以降、剣術を学ぶ御家人や浪人が急に増えた。みなここが出世や仕官の好機ととらえちょるのじゃろ」

「仕官か。うらもどこぞに仕官の口があったら勤めにゃいかんやろな」

「やめちょけ。どこの家も新たに人を雇う余裕などないわ。まあ、そんなわけであの道場も手狭になったきな、今、新しい道場を探しちょるところじゃ」

「なるほど。景気がええんやな」

「定吉先生は嬉《うれ》しがっちゅーわけじゃないが、仕方ない思われちょる。日本橋の狩野《かのう》屋敷にそれらしい敷地が見つかったようでな、年末か来年早々には引っ越すことになるそうじゃ」

そうか、と応えた和三郎は先ほどから気になっていたことを聞いた。

「若い女の剣士がいたが、あの人の腕前は大したものじゃな。重太郎先生の妹御か」

「そうじゃ。目ざといな。佐那《さな》さんといわれる」

「沙那?」

「いや、おんしの許嫁の沙那さんとは同じ名前だが字が違う。佐藤の佐を使う。儂にとっては高嶺《たかね》の花じゃ。同じ名やきいうて、間違うて手を出してはいかんぜよ」

「あの人はうらのことなど興味はない」

「そうでもない。その証拠に自分の稽古を終えたというのに、重太郎先生とおんしの稽古をじっと目を凝らして見ちょった。嫉妬したのはそこじゃ。ふたりのさなさんに両股をかけるのはいかんぜよ」

「そんなことはせん。それより竜馬、沙那さんをうらの許嫁と呼ぶのはよせ。そういう仲ではないんじゃ」

「沙那さんがいらっしゃいましたよ」

不意にうねが廊下から顔を出してそういった。

「直俊君もご一緒です」

「なに、直俊君も来られたのか。何かあったのか」

竜馬はあわてて前に広げた皿をしまいだした。

「今日は江戸見物に出たんじゃ。大方、広小路でやっていた芝居を観《み》た帰りだろうな」

「和三郎、おんし悠然としておるな。直俊君が危険な立場にあることには変わりがないじゃろに」

そこにまず直俊君が顔を出した。

「いたいた。岡がいた。おお、土佐の坂本竜馬も一緒じゃ。わらわはこの傾きかけた家が恋しかった」

直俊君はそういうと、はしゃぐように和三郎の傍に座った。

「どうも、どうも、浅野家のお方、お邪魔致す」

そうまず吉井と竜馬に挨拶をして、廊下にひざまずいたのは沼澤庄二郎である。

背後からお蓮と沙那が顔を覗かせた。

沙那は微笑みを浮かべているが、お蓮はさすがに目を丸くしている。

「ふたりの侍はどうしましたか」

そう和三郎が聞くと、沼澤は頭を掻いた。

「あのふたりなら吉原とやらに飛んで行きましたよ」

お蓮が眉間に縦皺《たてじわ》を寄せていった。

「本当は沼澤さんもご一緒したかったんですよねー」

いやいやと沼澤は頭を掻きっぱなしである。どうやらいつものお蓮に戻ったようで、和三郎は一安心した。

「馬丁さんはどうしましたか」

「あいつなら馬の世話をしています」

沼澤は素っ気ない。

「どうぞ、ここに連れてきて下さい。腹を減らしているでしょう」

「いや、そんな気遣いは無用じゃ。かえってあやつが迷惑する」

「一応、お伺いしてきます」

そういうと沙那が廊下から裏庭に行った。

「ああいうところが、あの子のいいところなのよねえ。美人で気立てがよくて。武家の嫁にするのはもったいないわよね。ホント、岡様も果報者だわ」

おもんはすでにかなりの酒を飲んでいたが、酩酊《めいてい》したようには見えない。

「そうだ、一太郎に飯を喰わせるのを忘れておったな」

和三郎はいそいそと席を立った。

「もうあげただよ。一太郎一家が出来上がっていますからね。たくさん犬が集まってきたんで、もう存分に残飯整理をさせてもらっただよ」

うねが膨らんだ頰をさらに大きく丸めて笑っている。

「さあ、あんたらも適当に席についてどんどん食べなせえ。鱒ならいくらでもあるし、仕出し屋から肴をたくさんとったからよ。おらもここでいただくだよ」

うねはどっしりとした尻を廊下に置いた。沙那が馬丁を連れて戻って来た。恐縮した馬丁はしきりに頭を下げている。それでも廊下に尻を置くと、吉井が手渡したちろりから酒を茶碗《ちゃわん》に注いですぐにごくごくとやりだした。

「岡、江戸に参るまでの旅はどうであった？　誰かに襲われたか」

いきなり直俊君がそう尋ねてきた。ここは率直に答えるべきだと和三郎は思った。

「まず、そこにおられるおもんさんの仲間の倉前秀之進が刺客に狙われました。そこで同宿の好《よし》みで私が助《すけ》っ人《と》をしました。二、三人斬りました。でも殺したわけではありません」

「同宿の好みとな。それで乱闘に巻き込まれたのじゃな」

「そういうことです」

ふーん、大抵は逃げるのだろうが、岡は変わっとるな、と直俊君が呟いた。

「次は何じゃ。誰に襲われた？」

「岡崎城下で待ち伏せに遭いました。この三人の狙いは私にあったようです。最初は銃で狙われましたが、先を歩いていたどこかの武士が身代わりに撃たれました。それで私は助かりました」

「身代わりで撃たれた者がおったのか。哀れな男じゃの。それで岡はどうしたのじゃ」

「本多家の家臣が一緒でしたので、それからみなで戦いました。ほれ、昼過ぎに浅草寺で遭った岡崎藩本多家の家臣です」

「それだけでは終わらんのではないか」

「そのあと商人に化けた刺客にも襲われました」

「よくぞ見破ったな。どうして分かったのじゃ」

直俊君はなおも聞いてくる。七歳とは思えないほど鋭い質問を吐く。さすが四万三千石の嫡子の影武者に選ばれるだけあるなと和三郎は感心した。さぞかし父親は息子を厳しく育て、教育したのだろう。

「武者修行というからには、行った先々で各家の道場に行って試合を申し込んだのではないのか」

「幕領以外の城下では、なるべく道場に立ち寄るようにしていました」

「めぼしいのはおったか。そやつらはどんな剣を遣ったのじゃ」

直俊君の目は生き生きとしている。他の者は黙ってふたりの会話に耳をそばだてている。みなの箸も止まっている。沙那もお蓮もここに来て以来、食事には手をつけていなかった。

これはたまらんと和三郎は思った。直俊君の興味は尽きそうにない。

「あの、直俊君、剣術の話はこれくらいにいたしませぬか。みなが箸をつけずに待っております」

直俊君は部屋にいる者たちを見回した。通常、藩主の嫡男にそのような礼儀に反したことを申し上げる家臣はいない。いたらその場で老臣から打ち首になるはずである。世の中には小うるさいだけで領民に何の役にも立っていない老人が多い。才ある家臣に打ち首を申し渡すのは、そんな実害だらけの老人である。

九

だが、和三郎が直俊君にいささかきついことをいったのには理由がある。

土屋家の上屋敷に潜入して、下働きをしている瀬良水ノ助からの報告によって、いよいよ敵陣営も謀反を起こす覚悟で、直俊君の殺害と上屋敷におられる五歳の国松様を次の藩主として、将軍家定《いえさだ》公にお目見えする準備に入ったというのである。

直俊君の暗殺となると、ここにいる幼い影武者にも当然牙が向けられる。安穏としていられる情勢ではなくなったのである。

十二代家慶《いえよし》公は、ペリーが艦隊を率いて江戸湾口まで入って来た日から十九日後に、突然亡くなっている。

しかし頼れる老中は阿部正弘《あべまさひろ》ただひとり、という状況の中に徳川家はあった。しかも阿部ひとりに全ての仕事が被せられ、激務続きのためこの頃では体に変調をきたしているとも和三郎は聞いている。阿部は徳川家というひとつの大大名の行く末を憂えていたのではなく、伊能忠敬《いのうただたか》が三十年以上前に作製した大日本沿海輿地全図《だいにほんえんかいよちぜんず》を頭に思い描いて、この国が世界列強の中でもがき苦しむ様を断腸の思いで見つめていたのである。

この泥沼のような状況を好機ととらえて、土屋家のお家乗っ取りを企む者たちは、金に、あるいは既得権益や出世に目が眩《くら》んで、ちっぽけなひとつの傘の下に集まりだしたのである。

（この国の存亡が賭けられているときに、なんと視野の狭い連中だろう。己の巾着の中身だけを心配する、私利私欲にこり固まった連中だ）

和三郎はそう思う。

（物事は己の財布の外に立って初めて、経済のことまで考えることができるのだ）

いつしかそういう考えが生まれてきた。長州の吉田松陰《よしだしょういん》や肥後《ひご》熊本の実学党《じつがくとう》の横井小楠《よこいしょうなん》、横井から聞いた山田方谷《やまだほうこく》の話に感銘を受けたせいもある。

現在、堀出雲守の上屋敷に匿《かくま》われている本物の直俊君を、亡き者にしようと画策しているのが土屋家江戸家老や、番頭を中心とした陰謀派なのである。本来なら、直俊君に直接手を下すことは困難なはずだが、誰かを裏切らせてでも成し遂げなければ、謀略派は早晩破滅する。だから、今度こそ必死で挑んでくる。

和三郎にとっては、忠直様、直俊君に味方する者がどれほどいるのか見当さえつかない。だが、ほとんどの重役が前藩主、忠国についていることだけは理解できる。我が身さえ守られれば、どちらが藩主についても彼らにとってはどうでもいいのである。民のことなど頭の片隅にも存在しない。

（だが、そんな重役どもが、疑心暗鬼になっていることがひとつある）

中屋敷に押さえておいた四千両を奪ったのが、一介の冷や飯食いひとりの仕業だったとは思いもよらないはずである。和三郎は単なる実行犯、つまりはひょろく玉に過ぎず、保守派の黒幕は別にいると信じているはずである。その黒幕探しにも忙しいはずだ。

同時に陰謀派は、直俊君を匿う堀家周辺に攻撃の狙いをつけなければならない。保守派が直俊君をお目見えさせる前に、全ての家来を味方につけておかなければならないと焦っているはずだ。

忠直様を信奉する保守派が、直俊君に影武者をつけ、追っ手の目をくらませるために、国許から岡和三郎を囮《おとり》として江戸に派遣した。それはお目見えをすませ、早々に直俊君を世嗣だと幕府に認めさせる手立てだ。

そう、陰謀派は考えているはずである。

だが、家慶公の突然の死と黒船の来航がそれを狂わせた。保守派の動きが止まったのは、将軍が代替わりするからである。

だから陰謀派は今こそ好機ととらえたのである。

両派のその思惑と企みは、それはそれとして正しかった。

想定外だったのは、冷や飯食いの囮がいつの間にか成長して、陰謀派の軍資金の内から四千両もの大金を、たったひとりで盗み出してしまったということなのである。しかも三千両は、藩主の土屋忠直様に手形として送り返すという念の入りようである。

（もはや、本所菊川町の下屋敷も安全とはいえない。ことここに至っては、やつらは影武者が七歳の子供であろうが、根絶やしにする覚悟で攻めてくる）

和三郎は沙那から鱈鍋を食べさせてもらって喜んでいる直俊君をそっと見た。無邪気な笑顔が愛らしい。

だが、ここは心を鬼にしてでも、申し上げるべきことは明確にしていわねばならない、と和三郎が覚悟を決めたとき、

「旅で誰か面白い人物に出会うたか」

と竜馬が聞いてきた。黒ずんだ黒子が頬に染まってしまうほど酒焼けしている竜馬が、そのときは妙にいい男に思えた。竜馬は、和三郎の頭に、「間諜《かんちょう》はどこにでもいる」、という思いを新たにさせてくれる余裕を与えてくれたのである。

（そうだ、うらの言葉は連中の耳に入ることもありえる。沼澤庄二郎だとていつ間諜になるか分からん）

和三郎は旅の思い出の一端を語ることにした。

「面白いかどうか分からんが、長州の吉田松陰殿に偶然会った」

「なに、松陰殿にか。で、どんな話をした」

「夷狄からこの国を守るにはどうすべきか、ちゅうことや」

「この国をか」

竜馬は盃を宙に置いた。

「そうや、この国や。藩ではない。三百の藩をひとつに見て語ろうとしておった」

「語ったのではなかったのか」

「横から横井小楠という学者がしゃしゃり出てきて肥後弁でべらべら喋るので、なにが何だか分からなくなった。知っとるか横井小楠じゃ」

「いや、知らん」

そこで和三郎は鱈鍋から鱈とネギをすくって皿によそった。沙那が手を添えてくれた。許嫁らしい振る舞いをしてもらっては困ると和三郎は思った。

「この横井という親爺《おやじ》はなかなかの傑物でな、酒癖は悪いし女にも弱い。うまいのは銭を払う段になると眠ってしまうことだけじゃった」

「はは、土佐にもそんな爺《じじ》いはようけおる」

「この横井という人は二年ばかり旅をして各地の文人墨客と語り合っていたらしい。藤田東湖《ふじたとうこ》殿とは数十年の契りがあるそうじゃ。外国からの侵略を許してはならんといっておった。そのためにはいつでも海防と攻撃を整えておかねばならんということだ」

「その通りだ。槍で黒船を突こうなどというのは戯言や。最近儂は思い知った」

刺身を食い、酒を盃から茶碗に変えて竜馬は唸った。

「酒ばかり飲んでおったが教養は深い爺いじゃった。この国を洗濯せねばならんと大きなことをいうておった」

「洗濯じゃと？　ふーん、確かに面白いのう」

竜馬は珍しく心を揺り動かされたようだ。

「それも一回や二回ではあかんのじゃちゅうとった。三回ならええんかと聞いたら、いや三回洗濯したら布がボロボロになる。ほやさけー衣を全て新しゅうしぇなならんと肥後弁でいうておったようじゃが、うらにはよう聞き取れなんだ」

「ほのボロボロになった衣ちゅうのは、この国のことじゃき。ほの爺い、油断ならんやつじゃ」

「その横井殿がおとろしゅう褒めとったのは松山の山田方谷ちゅう人や。うらは初めて聞いた名じゃったな」

「山田方谷を知らんいうのは、おまん、ほりゃモグリや」

竜馬はそう喚いた。

「モグリか」

「モグリや」

「モグリとはどういう意味じゃ」

「この国に住むに値しないまがい物ということじゃ」

和三郎は、うらはまがい物か、と腹の中で呟いた。他の者は黙っている。

「恐らく、横井っつう爺いがいうておった三回洗濯したら布がボロボロになるっちゅう話も山田方谷が語ったことやろうな」

「そうか」

ありえない話ではないなと和三郎は思った。

「象山塾に河井継之助《かわいつぎのすけ》ちゅうのが入門してきおったんじゃが、知ってるか河井を」

「越後長岡《ながおか》藩の英傑じゃ。知略に優れ、豪胆な人だと聞いている。十年にひとりの人物じゃそうだ」

和三郎はぶっきら棒にいった。この人物が優れていることは察せられたが、なんとなく河井という才人とは肌が合わない気がしていたのである。

「そうじゃ。この河井が密《ひそ》かに師事しとるのが山田方谷じゃ。まだ会《お》うたことはないそうじゃが、ちかぢか象山塾をやめて備中《びっちゅう》松山に行くといいよった。山田方谷に学ぶためじゃ。河井はどうも象山しぇんしぇーとそりが合わんでな、象山しぇんしぇーは確かに天才だが、傲慢やとぬかしよった。儂からみれば似たり寄ったりじゃがな」

竜馬はニヤリと笑った。竜馬は傲慢ではないが、それより怖ろしいものを胸にしまい込んでいる。気宇壮大という景色だ。そういう人物こそがこの国を新しく変えるものだと和三郎は思うことがある。それに比べると、自分はただのボンクラだと反省する。

「で、その山田方谷という人はどんな人物なんだ」

「人物か。人となりは知らん。じゃが、この男が幕府の政治にかかわることができれば、幕府の財政は一気に好転すると見られている」

「どんな手腕があるんじゃ」

そう尋ねると竜馬はおもんから新しい酒を注いでもらってゆっくりと舌で味わ

った。それから和三郎や沼澤たちに目を向けた。

「おんしは『貧乏板倉《いたくら》』という言葉を知っておるか」

「知らん」

「備中松山板倉家は五万石の大名じゃ。けんど、実質の石高は二万石程度じゃ。ほこから家来の扶持米、大坂、江戸屋敷の維持費、などの他に負債がこじゃんとあってな、ま、ほれはどこの家でもおんなじことじゃが、板倉家は利子だけで毎年八千両を返済せなならんかった。もうお家破産じゃ。いや、ほうした方が楽になる領主も多い。板倉家は家来も領民も困窮しきって餓死するものまで出てきた。ほれで『貧乏板倉』じゃ」

「土屋家も四万三千石ということになっておるが、実収は三万石以下じゃ。武士も百姓仕事をしておる」

「そう、どこの家の家来もいまではそうすることが普通じゃ。けんど、板倉家はそうはならなんだ。この山田方谷が藩財政に参与してから、まず荒廃しておった武士の気持ちが一新した。徹底的に改革したんじゃな。藩の産物は自分たちで売った。畑が立派な作物を作るようになった。旅人が一歩板倉家の領地に踏み込めば、ただちにその善政良俗を感得したそうな。ほいでいまでは藩財政は黒字になった。これは板倉勝静《かつきよ》が名君である証拠や。無名の陽明学者を大抜擢《だいばってき》したのじゃからな」

「それで具体的にはどんなことをして人心を一新したのじゃ」

「ほれはおんしが己で学ぶことじゃ。又聞きでは身につかんぞ」

「もっともじゃ」

和三郎はこっくり頷いて牛蒡を口にした。

「岡殿」

と沼澤が口を開いた。

「直俊君を屋敷にお送りしなければなりません。それにこういう話は退屈でしょう」

「それに今日はお疲れになったでしょう。眠いのではありませんか」

お蓮が沼澤に合わせていった。

「いや、眠くはない。こういう話はおもしろい」

直俊君の黒い瞳にいつの間に灯《とも》されたのか、行灯《あんどん》の灯りが浮いている。

「話はいずれいたしましょう。それより直俊君に大事な相談がございます」

ようやく和三郎は本題に入ることができた。

「菊川町の屋敷がまたいつ襲われるか分かりません。危険は迫っております」

「では、岡が護《まも》ってくれるというのか」

直俊君はすがりつくような目を向けてきた。

「私がいるとかえって敵の目につきます。それで直俊君には別の屋敷に移ってもらわれるようにお願いしてあります」

「それはどこじゃ」

直俊君がそう聞いてきたが、沼澤がそれを遮った。

「おい、岡殿、それは真《まこと》のことか。おぬしひとりの裁量で決めることではないぞ。国分殿の許しを得なくてはならん。それにそれは重役方が決めることだ」

沼澤が血相を変えていった。この男は頭が固すぎると和三郎は思った。

「その重役方が刺客を放って、直俊君のお命を奪おうとしているのや。沼澤さんは直俊君を悪者どもに人身御供《ひとみごくう》として差し出す所存か」

沼澤は真っ赤になって唇を尖《とが》らせた。

「そ、そんなことは決して……。しかしだ、おれは土屋家から喰《は》みを得ているのだ。おれは土屋家の家来だ」

「では土屋忠直様の嫡男をお護りするのがおぬしの使命ではないのか。重役どもの命令に従って土屋家の嫡男を亡き者にするのがおぬしの使命ではあるまい」

沼澤の額から汗がしたたり落ちた。和三郎には、下屋敷にいる侍三人を説得して、直俊君を護衛させる気は毛頭なかった。乱闘になればむしろ足手まといになる者たちなのである。

「じゃが、勝手に屋敷を移るというのは、なんとしても頷けん」

「わらわは岡に従うぞ」

きっぱりと直俊君がいった。

「以前、わらわの身に危険が及んだとき、そちは何をしておったのじゃ。助けてくれたのは岡和三郎じゃ。わらわの身を命を賭して案じてくれたのは岡ひとりじゃ。沼澤、岡がここでどれだけの奮戦をしたか知っておるか」

沼澤は押し黙った。女ふたりは白い顔を伏せてじっと静まり返っている。

「岡、わらわはどこに移るのじゃ」

そこで和三郎は頭を下げた。これから自分が語ることは事実ではないと詫びる気持ちがあったからである。

「本所柳島《やなぎしま》村に堀出雲守の下屋敷がございます。押上《おしあげ》村の東方です。襲撃する側も他家の屋敷にまでは踏み込めません」

そういうと、直俊君は素直に頷いた。

「よし、そちらに移ろう。いつじゃ」

「明日にでも」

「明日？　い、いくらなんでもそれは無理だ」

沼澤が喚き声をあげた。

みなはちらりとそちらを向いたが反応する者はいなかった。お蓮の目も冷たかった。

固まりつつあった空気の中で、あのうと声を出したのはうねである。うねは遠慮がちに和三郎を見上げて口を開いた。

「岡様、仕出し屋に支払わなくてはならねえんだが、銭はもらえるか」

おお、と和三郎は返答した。

「金なら隣の部屋の硯箱《すずりばこ》の中に入っている。大方の金子は道場に持って行ったが、まだ十両ばかりは残っているはずだ」

そういうと驚いたのは吉井である。

「あそこに銭があるなんて全然知らなかった」

のけぞって隣の部屋に目を向けた。

「そういうやつなのだ」

と竜馬がいった。あきれているようでもあった。

第四章　激　突

一

嘉永六年十月二十日は朝から小雨が降った。昼過ぎには雨は止《や》んだが町中にはずっと冷たい風が吹いていた。

空を覆っている雲は黒ずんだ灰色をしていたが、商家の裏の小庭に咲いた水仙の花が道行く人の目をなごませた。

夕方になると、すでに軒行灯《のきあんどん》に明かりを灯《とも》す商店も出てきた。料理茶屋からは夜と間違えたかのように、薄暗くなると酒を欲しがる旦那衆がすでに現れて、呼ばれた芸妓《げいぎ》が弾く三味線の音が聞こえてくる。

その中を直俊君《ぎみ》を馬に乗せた一行が歩んでいく。行く先は堀出雲守の下屋敷である。提灯《ちょうちん》を灯していないので馬丁を含めた一行四人の男の顔は、みな暗がりの中に沈んでいる。

押上村までくると、あたりは冬を迎える寒々とした田園風景が広がっている。村を過ぎて柳島橋を渡ると、そこが堀出雲守の下屋敷になっている。先を行く沼澤庄二郎が脇の門を叩《たた》くと、待っていたかのようにすぐに門が内側から開かれた。

そこにいたのは岡和三郎である。

「お、岡か。どうしたのかと案じておったのだ。これでよいのか」

中に足を踏み入れた沼澤は、他藩の屋敷に入ることに遠慮気味だったようだ。ぎょろりと剝《む》き出した目玉が微《かす》かに震えている。

「はい。半刻《はんとき》（約一時間）ほど休ませてほしいと、堀家の家臣には伝えてあります」

「賂《まいな》いを取られたのではないか」

「それなりに。ですが、心配するほどのことはありません」

門番が門《かんぬき》をはずして大門を開くと、馬丁が馬を引いてまず最初に入ってきた。直俊君は何もいわずに手綱をつかんでいる。馬上の姿勢がやわらかく馬の背に連動している。乗り慣れた人の馬術である。

続いてふたりの侍が入った。土屋家の家来、小野田豊平と平田伊右衛門である。

「おぬしにいわれた通り、女中どもにも国分殿にもこのことは伝えていない。秘密が漏れたとはどういうことだ」

「直俊君が堀家に移るという話が漏れたということです」

「し、しかし、その話をしたのはわずか三日前の晩ではないか。あの折、あそこにいた者が漏らしたというのか」

「その詮議はあとです。直俊君を襲うとしたら町中ではまずい。連中にとっては土屋家の下屋敷が最後の機会です。堀家の下屋敷に入る前になんとかしようとするはずです」

和三郎はそういった。今日のことは一昨日から決めていたことだ。

だが、堀家の下屋敷に直俊君を匿《かくま》ってもらうことはできない。彼らにとっては直俊君は、単なる他藩の世嗣《せいし》の影武者に過ぎないのである。

直俊君と沼澤らが控えの間で茶を飲む間、和三郎は馬の体を点検した。外は先ほどと比べて一段と暗くなっている。星も月も見えないが、本来ならまだ六ツをようやく過ぎた時刻だろう。

和三郎は直俊君だけを馬上に乗せ、下屋敷の裏の門から屋敷の外に出た。馬丁も残し、和三郎は直俊君を抱きかかえて馬を操り、龍眼寺《りゆうげんじ》と津軽越中守《つがるえつちゆうのかみ》屋敷の間の小道を通って川沿いに南へ向けて走らせた。

土屋家の一行は時を見計らって、直俊君が不在の下屋敷に戻るはずである。

和三郎の狙いはふたつあった。

菊川町の下屋敷の寝床には、今夜、直俊君の姿は見られないこと。直俊君の行き先は和三郎だけしか知らない。それは間諜《かんちよう》の眼《め》をくらませることにも役立てる。

和三郎は独断で直俊君を八丁堀炭町の中村一心斎道場でかくまう気でいるのである。

直俊君を今夜移動させることにしたのは、ぎりぎりの刻限を設定したからである。まず、和三郎の方にも直俊君を預かるだけの部屋の準備に二日は必要だった。すでに道場として改築の折に手を入れていたとはいえ、さらに防御態勢が必要だった。

それに直俊君を狙う側も、たとえ間諜からの連絡があったとしても、すぐには動くことのできない事情があったからである。まず、直俊君を拉致するにしろ、殺すにしろ、それだけの刺客を整え直すのは、浪人たちの間では評判の落ちていた土屋家からの招集ではむつかしいと読んでいたのである。

それには浪人九十九長太夫からの連絡が役に立っている。九十九のところに、土屋家から助太刀《すけだち》の依頼が舞い込んだのだ。

今夜、ようやく準備の整った番頭《ばんがしら》の中越呉一郎の配下の者は、菊川町の下屋敷を襲うだろうが、そこに直俊君はおらず、さらに警護に当たっていたはずの数名の家来も消えているはずである。いるのは年取った国分正興老人ただひとりのはずである。

今はこちらの動静を、誰が陰謀組に知らせたかを詮議しているときではない、と和三郎は思っている。

むしろ、間諜を利用して、その裏をかく形でこちら側は動いているのである。中屋敷で小姓をしている平泉小太郎も、和三郎の依頼に応じて偽の情報を番頭に流している。

和三郎と直俊君の乗った馬は竪川《たてかわ》に出ると、大川に向かった。すでに夜になっているので馬は走らせられない。辻番《つじばん》では丁寧に対応して通り過ぎた。

大川にかかる新大橋を渡ると、川堤を南西に行き、土屋家中屋敷の近くまで行くと、また小橋を渡り、八丁堀に続く堀沿いを走った。

炭町の中村一心斎道場に落ち着くと、まず、馬をそこで待っていた広島藩の吉井に預けた。馬はもう一頭船松町の家で待っている。

板敷の道場はここに移るときに、随分補強した。道場は二十畳ほどの広さだが、門弟が二十名集まっても充分に稽古できる。不思議なことに、看板を掲げただけなのに入門者が少しずつ増えてくる。零だった門弟は今では三十人を超えている。一階の元は土間になっていたところは、床板に畳が敷かれ、十名が床を取ることができる。奥には和三郎の部屋と師の中村一心斎がいつ戻ってきてもいいように、床の間つきの居間兼寝所が用意してある。おもんの部屋は女中部屋として台所の脇に四畳半が据え付けられている。隣にうね用に下女部屋がある。

今回新しく増設したのは、二階の部屋に直俊君が寝起きできるふた間と客用の四部屋である。広島藩の倉前秀之進や逸見弥平次が、用心棒を兼ねて客間を使うことを想定した上で直した。菊川町の下屋敷にいる侍どもとは比べものにならないこころ強い味方である。

道場の隣の家があと五日で空くことになっている。普通のしもた屋だが、さらに人数が増えることも考慮して、和三郎は借りることに決めていた。大家との交渉はすぐにできた。空き家になった原因が江戸を逃げ出していく一家なので、大家は心細さを感じていたようだ。逃げ出す理由は黒船からの大砲を恐れてのことである。

「ここでお休み下さい」

和三郎は天井を高くした二階の部屋に直俊君を案内すると、まず、寝床を整えた。

「苦労をかけるな」

直俊君はそういって赤らんだ頰を遠くに向けた。窓からはどこまでも続く江戸の屋根が見える。

「いえ。どうぞ、お休み下さい。申し上げましたように、敵側は偵察の者を雇っております。いずれここも突き止めることでしょう。でもご心配には及びません。階下には広島藩の強者《つわもの》十名ほどが寝起きしております。私も直俊君を命がけでお護《まも》り致します」

「岡からその言葉を聞くとこころ強い。岡だけが頼りじゃ」

「お任せ下さい」

秘密が漏れることを承知の上で、和三郎は直俊君に屋敷替えを提案したのである。

それは三日前のことだったが、敵側が拉致を実行に移すのは今夜だろうと和三郎は計算していた。陰謀組は、下屋敷にいる直俊君は影武者に過ぎないと知りながら、どうしても直俊君を捕らえる必要があるのだろう。

当然、ふたりの直俊君がいては、敵側にとってはわずらわしいことであり、騒動の元になりかねない。今までここにいる直俊君が生きながらえることができたのは、向こうに人手が足りなかったことと、影武者など放っておけばよいと見下していたからだ。

（もっとも、うらも合わせた殺しの報酬が一両とあっては、刺客のなり手もいないだろう）

それでも和三郎殺しに加担する者がいた。番頭が浪人たちを刺客に仕立てようとした夜のことである。その者たちを和三郎は九十九の助けを借りて斬ってしまっている。

そいつらは、西本願寺門前の茶屋「よしみ屋」で、喧嘩《けんか》を装って和三郎を匕首《あいくち》で刺してきた連中でもあった。そのときも三人ほどには致命傷を与えたが、まだ残党がいて、しぶとく和三郎殺しを狙っていたのである。

「上の者は、いよいよ決戦を迎えるようじゃ。人集めに忙しい」

最初にそう連絡してきたのは瀬良水ノ助である。一昨日の朝のことである。和三郎は江戸見物の翌日で、体の節々が痛んでいた。体はまだ完全には戻りきっていなかったのである。

中間《ちゅうげん》として上屋敷に入っている水ノ助は、陰謀組の動静を日夜窺《うかが》っているが、なにせ中間部屋は塵箱《ちりばこ》同然に扱われていて、屋敷の片隅に置かれている。なかなか上層部の動きまではっきりとつかめない。

「黒田甚之助様は大した人や。命が狙われてるかもしれんのに、いつも泰然としとる。陰謀組の指揮を執っとるのは松井重房じゃな。いかにも偉そうにしとる。わしらなんか虫けら以下やと思うとる」

憤懣《ふんまん》やるかたないという口調で水ノ助はいった。色々と屋敷には仕事があるようで、道場にいたのは一刻《いっこく》（約十四分）ほどだった。その水ノ助が最後にいった言葉が気になった。

「謀反を起こす資金が集まったようじゃ。はっきりとは分からんが、ほんな余裕があるんじゃ。番頭の中越と中老の辻伝士郎ちゅうやつが、料亭に浪人どもを集めとるようじゃ。留守居の白井貞清は耄碌《もうろく》しおってまるであかんのじゃが、番頭やその下にいる連中がこのところ妙に焦って人集めをしちょる」

その水ノ助の証言を裏付けたのは浪人の九十九長太夫である。

「ここを探すのに随分手間取ったぞ」

そういって一昨日の夕暮れ、九十九はのっそりと道場に入ってきた。

「おお、江戸に戻っておったのか。妻子の元に帰られたのだと思っていたぞ」

和三郎がそういうと九十九は細い頰に皺《しわ》を走らせた。ニヤリとしたのである。

「戻った。おぬしに頂いた三十両で妻子は生き返ることができた。礼をいう」

そういうと九十九は頭《こうべ》を垂れた。

「いや、こちらこそ九十九殿には助けられた。大変な討手《うちて》を相手になんとかしのげたのは九十九殿のおかげだ」

いやいや、と九十九は頭を掻《か》いた。単なる照れ隠しかと思って見ていると、九十九は本格的に髷《まげ》を掻いているので、和三郎は笑いを抑えるのに苦労した。

「おぬしは何も聞かなかったのでおれも何もいわなかったのだが、実はおれは仇持《かたきも》ちでな」

そうだったのか、と和三郎は思った。浪人になるからにはそれぞれ事情がある。

「おれは岡部《おかべ》藩安部《あべ》家で徒士頭《かちがしら》をしておった。知っておるか安部信発《のぶおき》を」

和三郎は首を横に振った。九十九は苦笑した。

「わずか二万石じゃ。安部家は文武振興のため江戸にも学習塾と武芸道場を持っていた。だがあまり振るわないので新たに剣術指南役を設けることになった。それに選ばれたのがおれだった。だが、もっと若い者の方が適任だろうという声が出て、おれは訳が分からんうちにはずされることになった」

「うん」

大体の祭しはついたが、和三郎はそういって頷いた。

「納得いかなかったおれは加倉井繁吉《かくらいしげきち》というその者と、木刀で立ち合うことを要望した。立ち会い人もたてた。その試合でおれは相手の腕と腰を打った。それが元で加倉井は歩けぬ体になって、その半年後に自刃した」

「それでおぬしを仇と狙う者が出てきたというわけですか」

「そういうことになる。加倉井には弟が三人おってな、そいつらが仇討ちを申し出た。藩ではあれは正当な果たし合いであるとして訴えを却下したが、連中はあきらめなかった。おれは役目を解かれ、それで安部家を辞した。脱藩ではない。自ら浪人となったのだ。妻と子は妻の故郷である宇都宮《うつのみや》に行ったが、生活は困窮するばかりでな、それでおれは江戸で日雇いの剣術遣いになったというわけじゃ」

「仇討ちは済んだのですか」

九十九はそこでも苦笑いをした。

「いや。いざとなると、連中は怖気付《おじけ》いてな。助太刀を申し出る者も出てこなかったそうじゃ。おれはいつでも仇討ちに応じるというておるのに、やつらは名乗りでてはこない。いままではな」

そこまで話してから九十九は急に話題を変えた。

「おれにはまだ殺し屋として使い道があるらしい。先日、以前行った口入れ屋に顔を出したら、後ろから追いかけてくる者がいる。闇の仕事の斡旋屋《あっせんや》だ。こいつは土屋家の刺客の仕事を持ってきたやつでな、今度こそ手伝ってくれというのだ。それで料亭に呼ばれて行ってみた」

そこで和三郎の頭の中で、水ノ助が朝言っていたこととつながった。

「堀家にいる直俊という子供と、それを護衛する者を一網打尽にするという話だった。今度は前金で十両出すと言いおった。そこにはすでに隠密《おんみつ》というか、忍者崩れを住み込ませているということだった」

「その襲撃の決行日はいつだ」

「それはまだ聞いていない。おれが決心しかねていたからな。そこでもうひとり、菊川町の土屋家下屋敷にいるワッパを拉致するという話があった。これは近々らしく、どうも明日か明後日には決行するという感じであった。それでおれはあの直俊君だなと察しがついた」

そう九十九が語ったのが一昨日だから、決行日は今夜あたりとなる。丁度間に合った感じである。決行日が昨日で、すでにそこに直俊君はいないとなると、連中の今後の作戦も変更せざるをえない。

(今夜であれば、こちらから待ち伏せできる)

九十九長太夫は、今夜の襲撃に加わるならさらに三両出そうと料亭にきた番頭の手下から誘われたが、これも保留したという。一応金額が折り合わないと保留の理由をいったが、相手は憎らしげに睨《にら》みつけてきただけで、その後すぐに席を立ったという。

「その番頭の手下というのが、あの晩我々浪人に刺客相手のことをくっ喋《ちやべ》っておった、小男の鼻の曲がった男だ」

大川平兵衛が口にしたことのある、取次役の根津《ねづ》だなと和三郎は思った。

「よく知らせてくれた。ありがたい、これは礼金だ」

和三郎は一分金を四枚出した。それで一両になる。しかし、九十九は受け取らなかった。その後、少しだけ酒を飲んで帰って行ったが、どこに住まいしているのかは依然口にしなかった。

今夜、敵の襲撃を待ち伏せることは九十九にはそれとなく話したが、あえて和三郎は仲間に加われとは誘わなかった。九十九の妻子のことを考えたのである。多勢に無勢、まともに衝突しては命がなくなる。

和三郎は菊川町の下屋敷に行く準備をしだした。竹の胴着もあったが、それを付けずに、買いだめをしておいたさらしを二重に固く巻いた。巻き終わったとき、水ノ助が現れた。

「行くぞ」

覚悟を決めているようにも見えた水ノ助だったが、妙に不敵な笑い方をした。

「鉄砲を手にいれたで、うらはこれを使うぞ、ええか」

「味方を撃つなよ」

昨今は鉄砲を手に入れることはそうむつかしいことではない。ただし、金はそれ相応にかかる。水ノ助は屋敷の武具蔵にでも忍び込んで盗んできたのだろう。

出るときうねが晩飯の用意ができたと知らせにきた。

「二階で直俊君がやすんでおられる。ときどき見てやってくれんか。うらたちは下屋敷を襲ってくるやつらを迎え撃つんじゃ。できれば土佐藩の中屋敷に誰かをやって、竜馬に助太刀を頼みたいとうらがいっておったと伝えてくれ。ではな」

裏に回って一太郎の首の縄を解いた。一太郎は和三郎の雰囲気から、決闘に出向く武士の臭いを嗅ぎ取ったようで、見上げた目に金色の鋭く光る輝きが走った。

二

菊川町の下屋敷は暗く静まり返っていた。周囲には人の気配が全くない。だが、そう思ったのは和三郎の見間違いだった。門が見えるところまで行く前に、一太郎が低く唸《うな》った。

だが、門の陰から細い一筋の人影が現れると、一太郎の唸り声がやんだ。一太郎は駆け出すと、人影に飛びついた。

「ほう、儂《わし》が誰だか分かったのか。感心な犬じゃ。一体この犬をどこで拾ったのだ」

そういって暗がりから現れたのは九十九長太夫である。和三郎と水ノ助は一様に安堵《あんど》のため息をついた。

「来てくれたのか。おぬしが付いてくれれば百人力だ」

「なんの。金の匂いにつられたまでじゃ。今度は十両でもよい」

「十五両は出せる。だが、うまくいけば、九十九殿の力を借りなくてもすむかもしれん」

「何か考えがあるようだな」

「孫子の兵法その一。戦わずして、勝つ。その十、戦費は敵から堂々と奪え、だ。ま、そのための仕込みをまずしなくてはならんのや」

和三郎は脇門を叩いた。なんじゃ、と偉そうな声がするまで、少し間があった。口入れ屋から派遣された門番はどうも酒が過ぎると和三郎は思った。

「岡和三郎だ。今夜ここを襲ってくる者があるので、知らせに来た」

「なんじゃと」

泡食った様子で門番が戸を開いた。

「誰が襲ってくるというのじゃ、この冷や飯食いが」

「ほう、うらが冷や飯食いだとよく知っておるな」

「あたり前じゃ。みないうとる。あんな田舎者《いなかもの》の部屋住みごときに、いいようにこき使われてたまるかとな」

門番は歪《ゆが》んだ顎をさらに傾けて笑った。

「おぬし飲んどるな」

「だからどうしたというのじゃ、この冷や飯食いが」

「門番は夜通し番をするものじゃ。飲んでいてはいかんなあ」

「貴様の知ったことか。文句があるか」

「ある」

和三郎は門番の腹を刀の柄尻《つかじり》で突いた。腹の肉深くに柄尻が食い込んだ。門番は声も出さずに膝を折って沈んだ。口から泡を吹いている。

「おい、こいつは味方だろ。無茶をしおるな」

九十九はさすがに驚いている。

「なに、銀十匁《もんめ》で敵側につくやつだ。丁度、折檻《せっかん》しなくてはならんと思うておったところじゃ」

和三郎は門番を伸びたままにして奥に行く。

「門を閉めなくてよいのか。敵が襲撃してくるのではないのか」

九十九は開いたままの門を振り返って不審な顔をした。

「いいんじゃ。それも作戦のひとつだ」

「ほう。開門作戦か。しかしひとつ間違えれば、こちらは逃げることもできんぞ」

和三郎は四十がらみの九十九の肩を叩いた。

「九十九氏《うじ》。おぬしはいいやつじゃ。負け戦さだと知りながら味方についてくれたのじゃからな。だが、たったこれだけの人数で、何十人もの賊を相手にできると思うか」

「そんなにいるのか。おぬし殺しの一両が目当てのしみったれた連中じゃ。来るのはせいぜい四、五名のはずだぞ」

「それはすぐに分かる」

和三郎は侍長屋の戸口を叩きながら、襲撃だ、と叫んだ。中でどたどたという音がする。

侍長屋といっても住んでいるのは小野田と平田だけだ。あとの者は扶持米《ふちまい》が滞り気味の土屋家に見切りをつけて、辞めてしまったのだろう。それは正しい選択だったといえる。土屋家に明るい兆しが訪れる気配は皆無だ。残っているのは阿《あ》呆《ほう》か逆臣の能無し侍だけだ。

阿呆の象徴のような和三郎は、小走りで屋敷の玄関に行き、沼澤庄二郎の名を呼んだ。

沼澤はすぐに現れた。

「お、岡殿。直俊君をどこにお連れしたのだ。若君は無事なのか」

剣呑《けんのん》な顔で敷居に佇《たたず》むと、怒鳴るように叫んだ。一応まともな武家のようだが、沼澤も思考能力が低下した阿呆の口だ。

廊下には沙那、お蓮、お富、亀と順番に部屋から出てきた。その順番を和三郎はそれとなく覚えた。

「岡様。襲撃といわれましたか」

「しかし、直俊君は岡さんが堀家にお連れしたのではないですか」

背後でそういう声がする。息急《いきせ》き切って駆けつけてきた小野田と平田が、興奮した様子で佇んでいる。

「直俊君はたった今、拉致された」

和三郎は悪びれずにいった。その堂々とした態度に沼澤の顔が青ざめた。

「拉致じゃと！　ど、どういうことだ。おぬしが警護していたのではないのか」

沼澤が怒鳴った。

「はい、私が警護しておりました。直俊君は堀家の下屋敷に先ほどまでおられた。だが、向こうにも事情が出来たようでな、今夜はひとまずお引き取り願いたいと申し出てきた。仕方なくこちらにお連れしたのだが、待ち伏せしていた賊にあっという間に押し込められまして、直俊君は拉致されてしまった。申し訳ない」

和三郎は頭を下げた。女どもは口を開けたまま凍りついている。

「申し訳ないですむか！　ひとごとみたいに申すな。誰にじゃ。一体誰に拉致されたというのじゃ」

「それがですな」

といって、和三郎は片側の頬をさすった。

「痛いな。賊のひとりにここを叩《はた》かれてしまいまして、痛いのよ」

「誰じゃー、誰にさらわれたというのじゃ。えーい、おのれの頬っぺたなんかどうでもいい。いつまで撫《な》でておるのじゃ！」

和三郎は姿勢を正した。

「蠣殻町の屋敷の連中です」

「蠣殻町？　土屋家の中屋敷ではないか」

「そうです」

「その連中が直俊君をさらったと申すのか」

「見知った顔が四、五名おりました。国許《くにもと》におったはずの連中も拉致犯の中におりました。これは一体どういうことですか」

和三郎は生真面目《きまじめ》な表情で沼澤を見上げた。

勿論《もちろん》、中屋敷にいる土屋家の家臣が直俊君を拉致したというのは、和三郎の嘘《うそ》である。

（上屋敷の侍どもと中屋敷の侍どもを争わせる）

というのが和三郎の作戦である。自分たちだけで、これから襲撃をかけてくる忠国側の逆臣どもと戦うつもりはなかった。互いに戦わせて、あとは様子を見る。

和三郎の作戦はそれだけである。

沼澤は呆然《ぼうぜん》として玄関の外に広がる暗闇を見ている。

「内紛がいよいよ勃発したのではないですか」

和三郎がそういうと、背後に佇む小野田と平田が口々にわめいた。

「内紛だと」

「では、ここが襲撃される恐れがあるといっていたのは、どういうことなのだ。襲撃してくるのは、中屋敷の連中だというのか」

そこで沈黙が訪れた。いや、と口にしたのは、沼澤である。

「上屋敷には前藩主忠国様のご嫡子、国松君がおられる。奥方もご一緒だ。上屋敷を牛耳る者と、中屋敷の家臣を配下に持つお方とは、別の相対する勢力なのかもしれん。よいか、よく考えろ、中屋敷を預かる差配は田川源三郎と深水内蔵助と相次いで殺された。今度頭取についたのは、榊原邦彦《さかきばらくにひこ》殿だ」

「そのお方は謀反組の人なのですか」

小野田が震える声で聞いた。震えているのは武者震いではなく、単にこわいからである。

「それは儂にも分からん。だがご家老の黒田甚之助殿と親しいと耳にしたことがある」

ほう、といったのは和三郎である。

「家老の黒田殿は、国許のお年寄り田村半左衛門殿とつながっている。すると藩主側ということになる」

和三郎はそう自分でいいながら、首を傾《かし》げた。この話の展開は何かがおかしいと思った。自分で争いを起こそうとしていながら、双方の立場が紛糾の様相を呈してきたと思った。だが、それが具体的に何なのか判然としない。

小野田が沼澤に問い質《ただ》した。

「すると岡殿を襲った一味は、直俊君を守る側にあるということか。では何故、榊原殿は直俊君を拉致したのだ。辻褄《つじつま》が合わないではないか」

小野田は満更阿呆ではないらしい。

確かにそういう疑問はわく。和三郎の言葉を信じれば、直俊君を守る側の榊原一党が、世嗣をさらっていくのはおかしい。

榊原が下屋敷にいる直俊君は本物の世嗣ではなく、影武者に過ぎないと分かっていたら、その拉致行動はなおさら辻褄が合わなくなる。

彼らにとっては、影武者の命などどうなってもいいはずなのだ。死んでこその影武者なのである。

(この場はともかく早く収めなくてはならんな。論議をしている場合ではないのだ)

和三郎の胸に焦りが浮いた。沼澤は小野田と平田を見つめていった。

「それが内紛だ。中屋敷に巣食う勢力は、直俊君を拉致して国松君と対峙《たいじ》させるつもりなのかもしれん。つまり土屋家はどちらの若君の後ろ盾になるかで、真っ二つに分かれているということだ。岡、そうなのだな」

沼澤は尖《とが》った目で和三郎を睨んだ。

「恐らく、沼澤氏の言われた通りでしょう。しかし、上屋敷の忠国様側の逆臣どもは、直俊君が拉致されたことなど、知る由もありません。連れ去られたのは、ほんの今しがたです」

和三郎はつくり話を本当のように思わせることに必死だった。

「そうであったな。しかしおぬしほどの腕前の者を、簡単に打ち破るほどの手練《てだ》れの者が中屋敷にいたとは思えんがの」

「中屋敷には練兵館の鬼歓の弟子も多くいますからな。あれほど多数の者にいっぺんに攻め込まれたら、降参するほかありません。それより、上屋敷にいる逆臣どもは、かねてからの計画通り、直俊君を亡き者にせんと、ここを襲撃してくるに違いありません。すぐに襲撃に備える必要がありましょう」

「ここにいる我らだけで戦うというのか」

小野田が震える声でいった。

「それが使命です」

「冗談じゃないぞ、わずか四人の男で戦うというのか」

「外にふたり、味方する者が控えております」

「それでもたった六人ではないか！」

「犬が一匹います」

だめだア、と小野田はわめいて髷を掻きむしった。

「おれは逃げる。逃げるぞ。わずか五両の扶持で命を投げ出せるか」

そういうなり、小野田は門に向かって駆け出した。小野田の絶叫が聞こえたのは、恐らく門を出る手前のことだろう。大勢の足音がする。廊下に佇む三人の女が奥に駆け込もうとした。

「待て。奥には行くな」

そう和三郎はいった。沙那が足をとめて振り返った。その瞳が潤んでいる。

「沙那さん、落ち着くのだ。奥に入っては危険だ」

そういうと沙那は玄関の土間に降りて和三郎に寄り添った。お富と亀も式台に降りてきた。沙那は小刀を持っているはずだった。だが、和三郎は何もいえずにいた。

(本当にやってきやがった)

和三郎は自分の予想が当たったことに、戸惑いをもっていた。これからどうしたらいいのか、と本気で心配したからである。

三

「来たぞ。襲撃だ」

沼澤はそういうと、刀を抜いて庭に飛び出した。腕のほどは分からないが、案外忠義に厚い武士だと和三郎は感じ入った。

だが、その沼澤を抜いて、大手を振って駆けて行ったのはお蓮だった。

「待ってえ！　待って下さい！　加藤《かとう》さーん、待ってえ！　直俊君はここにはおりません。つい先ほど、中屋敷の侍どもに拉致されましたあ！　ここにはおりませーん」

お蓮の叫び声が静かな夜空にこだました。そのこだまに覆いかぶさるように、ギヤーッとわめくお蓮の悲鳴が聞こえた。

斬られた、と和三郎は思った。

（敵方に内通していたのはお蓮だったのか）

意外の念に打たれた。

だがすぐに残った三人の女に視線を向けた。

「早く、あの茂みに逃げ込め」

お富はそれを聞くと、亀と沙那を伴って敷居から足袋《たび》のまま下に降りた。庭の奥には鬱蒼《うっそう》と茂った林が続いている。闇そのものだった。そちらに向かって三人は走り込んだ。

「一太郎、ついて行け」

和三郎の真意を嗅ぎ取ったのか、一太郎は女たちを追い抜いて先頭を切ると、下屋敷に広がる木立の中に溶け込んでいった。

それを見届けた和三郎は、

「沼澤さん、戻れ！」

と叫んだ。沼澤の姿はすでに門のあたりにある。その姿もすでに闇に染まっている。

「とにかくここに潜れ」

和三郎は九十九と平田を縁の下に押し込んだ。自らは梯子《はしご》を使い、外壁を伝って瓦屋根によじ登った。

そのとき銃声が鳴った。今度は門の方から野太いわめき声があがった。

縁の下から銃口が覗《のぞ》いている。煙が銃口から立ち上っている。水ノ助が狙って撃ったとは思えなかったが、襲撃方の誰かにたまたま銃弾は当たったらしい。

「沼澤さん、無事か」

屋根からそう叫んだ。

「おう、無事じゃ」

意外に近いところから返事が聞こえた。沼澤は屋敷と門の間あたりに潜んでいるようだった。門までは走ることができなかったらしい。

「パーン」

銃声が床下から再び鳴った。

わめき声と共に、大勢の足音が遠ざかっていく。

異変を感じ取った番場町の住民や近くの旗本屋敷から人が出てきた。和三郎は屋根の上で身じろぎもせず、門の外に視線をあてていた。目を凝らすと人影がひとつ、月のない夜の中に湧き出てきた。

「おーい、撃つな。儂じゃ。竜馬じゃ。坂本竜馬じゃ。撃つなよ」

「おお、竜馬か」

和三郎は屋根から庭に飛び降りた。そしてまだ床下で鉄砲を構えている水ノ助に「もう出てきて大丈夫だ」といった。

「連中はお蓮の言葉を信じたようだ。直俊君は中屋敷の侍どもに拉致されたと信じ込んでおる。今度は中屋敷に向かったようだ」

そう説明している傍らで、九十九が水ノ助をこづいている。

「うう、耳が痛い。こやついきなりぶっ放しおって、鼓膜が破れたかと思ったぞ」

縁の下から這《は》い出てきた九十九長太夫が、耳の穴に指を突っ込んで呻《うめ》いている。

着物がどれだけ汚れているのか分からなかったが、九十九は一生懸命裾を叩《はた》いている。

「耳が痛いところを悪いが、おぬし蠣殻町の中屋敷に急いで行ってくれんか」

「中屋敷にか。さてはおぬし、おれに賊どもの助太刀をせよという腹じゃな」

「その腹じゃ」

そこへ竜馬がやってきた。

「鉄砲を用意してあったとはなかなかやるな。ここに攻め入ろうとしていた賊は蜘蛛《くも》の子を散らすように逃げていったぞ」

なんだか愉快なものを見たという様子で竜馬はいった。気宇壮大な男である。

「何人ほどいたか分かるか」

「二十名くらいか。ひとりここの侍が斬られているが大した傷ではない。門番がのびておったな」

（二十人か）

直俊君ひとりを討つのには、多すぎる人数である。かつて番頭の中越呉一郎は、手下の根津を通して、下屋敷を攻めるのは数人もいれば十分ということを、集まってきた浪人どもに告げたはずである。

「賊どもは、どこかを目指して駆け出していった様子はなかったか」

「あった。蠣殻町だと頭領みたいな武士がいっておった。多分、殺された女が叫んだのが聞こえたのだろう。それで襲撃の矛先を変えたのかもしれんな。浪人者も混じっておった」

「女は殺されたのか」

「首を斬られておった。お蓮とか申したな。あの女が裏切ったのか」

竜馬は淡々といった。沼澤が門の手前で、うつぶせに倒れている女を抱きかかえていた。沼澤は泣いていた。

「おぬしが、おぬしが、つまらん作戦を弄したためにお蓮は殺されてしまった。貴様のせいだ」

暗い中で、沼澤の目が銀色に光って和三郎を睨みつけていた。

「お蓮が小姓組の者と内通しているのではないかと、儂も疑っていた。だが、直俊君をお護りする気持ちは本物だった。おぬしの作戦を耳にした翌日でも、直俊君が堀家下屋敷に移るということは、相手に知らせてはいなかった。お蓮だってここにいるよりその方が安全だと思っておったからだ」

沼澤はお蓮の亡骸《なきがら》を抱えて立ち上がった。

「今夜、突然直俊君が堀家を追い出され、ここの門前で拉致されたと聞いて逆上したのだろう。それだけのことだ。お蓮に通じていた小姓組の者が、襲撃の一味に加わっているからではない。魔が差したのだ」

沼澤はいったんお蓮の屍体《したい》を下に置き、手を合わせた。呟《つぶや》きが低く庭を這った。

「貴様が間諜をあぶりだそうと奇妙な行動をとったために、お蓮は殺されてしまったのだ。おれは貴様を恨む。もう、これ以上、貴様の指図は受けん。だがその前に……」

沼澤の腰から鯉口《こいぐち》が切られる音がした。それに反応した和三郎の体は意図しないうちに動き、相手の手の上を押さえた。刀を抜けなくなった沼澤の体は強張《こわば》り、力まかせに腕を動かそうとした。和三郎はその脇の下に上体を入れて体を前に倒した。

沼澤の体は宙に舞い、自らの重みで落下した。後頭部を打った沼澤は意識を失って首を横に倒した。

「沼澤さん、あんたのいう通りだ。全てはうらのせいじゃ。すまんことをした。お蓮さんには可哀想《かわいそう》なことをした」

和三郎はお蓮の体を抱きかかえると、屋敷の一室に寝かした。

和三郎は庭に戻ると、下屋敷の奥の林に向かって草笛を吹いた。一太郎が先頭を切って飛び出してきた。沙那がそれに続いて出てきた。

三人の女がそろうまで、和三郎はそこで待った。

「襲撃してきた者たちはどうされました？」

息急き切ってお富が聞いた。

「直俊君は中屋敷の侍どもに拉致されたと思い込んで、今度はそちらに向かった」

「その者たちは、前藩主の忠国様の命を受けて、直俊君を拉致しにきたと、岡殿は申されるのですか」

「そうです。味方であれば、若君を拉致などせん」

「忠義をわきまえない忠国派の逆臣どもが、病気で臥《ふ》せっておられる忠直様の隙を狙って、世嗣を誘拐したと申されるのか」

お富の糾弾は鋭かった。

「いや、誘拐ではない。忠国派の狙いは直俊君を抹殺することだ」

「では、中屋敷にいる者どもの狙いは直俊君をさらうことではなく、命を奪うことだと岡殿はいわれるのか」

暗がりの中で、お富の目が吊り上がった。

「そうじゃ。抹殺と拉致では狙いが全然違う」

「わたしどもには理解できぬことばかりじゃ」

お富は豊かな体を持て余すように、乳房を押さえている。下屋敷にいる女中では何も見えていないのも無理はない。

「それで、岡殿はどちら側の味方なのですか」

「どちらでもない。うらは直俊君の味方だ」

しばらく沈黙が流れた。

岡様、と声を出したのは沙那である。

「わたくしたちは何をすればよいのでしょう。お家騒動の戦さなど望んではおりません。何をすればいいのかお教え下さい」

「お蓮さんが斬られた。首を斬られた。回向《えこう》してあげてほしい」

三人の目は一室で横になっているお蓮の屍体に向けられた。顔に白い布が被《かぶ》せられている。

「お蓮さん」

お富と亀が汚れた足袋を履いたまま部屋に上がり、横になっているお蓮の傍に膝をついた。すすり泣く声が漏れた。沙那は和三郎を振り返ってから、少し遅れて部屋に上がった。

和三郎は竜馬に顔を向けた。

「竜馬、頼みがある。道々話す」

そういうと、まだ残っていた平田に後の始末を頼んだ。

「平田さん。直俊君は無事だ。うらが預かっておる。あとでみなに心配するなと伝えてくれ」

「わ、わ、わかった」

一部始終を真近で見ていた平田は、体を震わせてなんとか返事をした。

和三郎は竜馬と九十九を伴って川沿いに出ると、急ぎ足で南に向かった。水ノ助と一太郎がついてきた。

「竜馬は九十九氏と一緒に中屋敷に行ってくれ。九十九氏は、番頭の手下の根津という鼻の曲がった男から刺客を頼まれていた。遅れて参上したという顔で、連中の仲間に紛れ込んでくれ」

九十九は頷いた。すると、うむ、と竜馬は唸った。

「ほれはえいけんど、中屋敷の武士どもと斬り合いになったらどいたらええろうか。儂は九十九氏と一緒に、ほの逆臣どもの味方をしたらええんかよ」

「いや、見物しておればよい。どうせ、中屋敷側では、いきなり土屋家の襲撃を受けて面食らうことだろうからな」

「うん？　いきなりか？　面食らうとはどういうことぜよ。中屋敷の武士が直俊君を拉致しようとして、まず下屋敷に襲いかかってきたのじゃなかったがかよ」

「直俊君が拉致されたというのは、うらのホラじゃ。今しがた菊川町を実際に襲ってきたのは、先代の忠国側の謀反組だけや。中屋敷の侍たちは何も知らん。連中にしてみても、忠国側についてる者がほとんどやろう。つまりうらは味方同士のふたつの組織を戦わしぇて、逆臣どもを少しでも葬り去ろうとしたのじゃ」

暗闇の中で、竜馬が小さな目玉を思い切り大きく開くのが察知できた。

「岡、おんし、相当な玉じゃのう」

「こんなときに金玉のことなど口にするな」

「ほ、ほんなこととちがうきに。玉ちゅうのは、玉ちゅうのは……いかんちや」

がっくりと竜馬は首を落とした。

和三郎は竜馬の反応を確かめてから、改めて口を開いた。

「うらが知りたいのは、なんで番頭の中越呉一郎らはいきなり直俊君を殺そうとしたのか。今まではほったらかしやったのに、急に目の色を変えて襲うてきた。ほの理由が知りたいのじゃ」

「それに中屋敷側はどう応えるのかちゅうことやな」

竜馬はすでに全てを見通している。九十九氏は、そういうことになっておったのか、と横で唸っている。

「つまり、中屋敷の連中は、何ちゃあ知らんで襲撃を受けるちゅうことか」

「そう、何も知らん。ほやさけー賊の一派が誰の指図で行動を起こしたのか、それは何の為《ため》なのか、中屋敷の者は考える暇もなかろうがな。せやけー、中屋敷を預かる榊原邦彦は相当あわてるやろう。こいつは先手物頭《さきてものがしら》で、上層部の動きは何事も精通してると思うてたはずやでな」

「そういうことか。無茶しよるやつじゃ。それはそうと肝心の直俊君はどこにおるがじゃ」

「八丁堀の中村一心斎道場じゃ。今頃は広島藩の家臣に守られてお休みになっているはずじゃ」

一行は新大橋を渡り、南に向かった。

「そうだ、水ノ助」

「なんや」

暗がりからぬっと水ノ助のこんにゃく面が伸び上がってきた。

「おまえなら盗人《ぬすっと》の二、三人は存じておろう」

「盗人？　存じているわけねーやろ」

「では、鳶《とび》でもいい。連中を中屋敷の屋根に登らせて、どんな具合に戦《たたこ》うとったか、戦況をあとで報告してくれるように伝えとくんね。水ノ助は床下に潜り込んでたらよい。これは鳶への礼金や」

和三郎は小銭入れから二分金二枚を取り出して、水ノ助に差し出した。

「ほんなことなら、いそがのうてはならんな」

水ノ助はすぐに夜の中に姿を消した。酒飲み仲間に連絡を取る気なのだろう。

次に財布を取り出すと、和三郎は小判で十五枚を数えて九十九長太夫に手渡した。

「よいのか。戦さとなれば、おれは逃げるぞ」

「その方がよい」

「儂には助《すけ》っ人《と》代はないのか」

竜馬がきいた。

「おぬしには千葉道場の佐那さんがおる」

ふざけていったつもりだったが、意外にも竜馬にはこたえたようで、息を詰めて沈黙した。

小橋を渡り、土屋家の屋敷が見えるところまで近づいた。

蠣殻町の番小屋の前には二人の中間が出てきて、土屋家の中屋敷の方を眺めている。中から息を殺した怒声と、刃物がぶつかりあう不気味な気配が漂ってくる。

九十九と竜馬がそちらに向かって走っていく。追おうとした一太郎を制して、和三郎は来た道を戻った。和三郎には直俊君を護るという使命がある。

四

「凄惨な戦いだった」

中村一心斎道場の隣にある居酒屋に、和三郎は九十九長太夫と坂本竜馬と一緒にいる。部屋は二階に一室だけある六畳間の個室で、三人の話し声は外には漏れてはいない。

「儂らは刺客どもを指図する、鼻の曲がった小男の命ずるまま最初は動いた」

「そいつは番頭の中越呉一郎の配下で、根津という取次をしている者だ」

和三郎はそういって九十九の目の奥を探った。瞳孔が微かに震えている。

「儂らのほかの刺客どもはみな黒装束で覆面をしておった。土屋家の家臣が、その黒装束の中に混じっておったのかどうかまでは窺い知れなかった」

九十九は茶碗《ちゃわん》に二合徳利《どっくり》から酒を直接注《つ》いだ。

竜馬は肴《さかな》の干し魚を食いながら、これも茶碗酒を飲んでいる。店の小女《こおんな》に二合徳利を三本と肴を頼んでから部屋には入ってこないようにいいつけてあるので、盗み聞きをされる心配はない。

「刺客は確かに腕はたった。けんど、中屋敷におった侍も豪剣の持ち主がそろうちょった。おんしがいいよったように、練兵館の弟子らあが中屋敷側には七、八名もおった。不意討ちを喰《く》ろうたのに、刺客どもに臆せず向かっていきおった。あちこちで血しぶきがあがってな、こりゃとても刺客どもの味方するどころではないと思った」

「そうか、じゃが、無事で戻れて何よりや」

「いや、実際はあやうく殺《や》られるところじゃった」

竜馬がポツリといった。九十九と違って竜馬は興奮を抑えているふうではなかったが、戦いの場面を思い出しているのか、いつもの豪快さが影を潜めている。

「あやつらは本気で斬り合うとった。和三郎がいうような味方同士の馴《な》れ合いなど全然ない。敵同士の戦いであった。顔面を割られて死ぬやつもおった。二人の黒装束の刺客が、袴《はかま》をつけた三人の武士から首と胸を刺されて絶命しよった。まるで関ヶ原《せきがはら》を実地に見とるようじゃった。こっちは陰に身を潜めてただじっとしよったんじゃ」

竜馬の言葉から和三郎が予期していなかった戦さの残酷さが伝わって来る。九十九は煤《すす》けた襖《ふすま》の一点に目をこらして呟いた。

「根津というのか、あの戦いを指図していたやつも槍《やり》で突かれて絶命した」

九十九が茫然《ぼうぜん》といった。

「なに、根津が殺られたというのか」

「そうじゃ。儂も見た。広い屋敷の中をあちこち探し回っておった。じゃが、そいつが殺られると、黒装束の者たちは逃げるように退却した。もともと金で雇われた連中がほとんどであろうからな、最後まで付き合う義理はないやろう」

竜馬はぐびりと酒を飲むと、ホッと息をついた。

「それで直俊君は無事でおるのか」

「何も知らんと眠っておられる。おもんさんとうねがそばについていてくれておる」

中村道場の階下の道場と寝床には、今夜は広島藩の若い侍が十二名眠っている。

それに、町家の中村道場に土屋家の若君がいるとは誰もが思いもよらないことだろう。だがたとえ、その方が直俊君の影武者であろうと、和三郎が命を懸けて護ることには変わりがない。

「もし敵側に直俊君の居場所が露見したとしても、うらがそばに付いておるのはかえって危険じゃと思うてな。うらは今度こそ囮《おとり》になって敵を寄せ付けるつもりじゃ」

そうか、と九十九が頷いた。

「だが、おれにはどうしても分からんことがあるな。敵のその前領主についておる重臣どもは、おぬしが匿っておる若君が替え玉であることは当然知っておるのだろう。では何故あれほどの戦さを仕掛けてまで、影武者を奪おうとするのだ。それが分からん」

九十九の疑問は、和三郎がずっと不可解に思っていることでもあった。

三人は腕を組んで黙考することになった。

「あのう……」

そう遠慮がちにいって、襖を少しだけ開けたのはこの店の小女である。

「水ノ助という方が見えましたけど、こちらに案内していいんだか。岡さんが待っているはずだといっているだが」

「岡は私だ。その男をここに案内してくれ」

するとと小女に代わって水ノ助が姿を現した。長い顎がすぐに酒の臭いを嗅ぎつけて左右に揺れた。おかしな顔の動きをする男である。

「まあ、飲めや」

竜馬が空いている茶碗を差し出して酒を注いだ。半分ほど飲んだところで、水ノ助はほっとした様子で和三郎に顔を向けた。その反応を和三郎はじっと我慢して待っていたのである。

「鳶の職人は見つかったか」

「見つかっただ。こいつはさっそく蠣殻町の土屋家中屋敷の屋根に取り付いて、黒装束の賊どももと侍の斬り合いを眺めていたそうや。殺られた黒装束は八名、残りの十名のほとんどが傷を負うたといっとった。林の中に隠れていた侍もふたりおったそうや」

九十九は咳払《せきばら》いをし、竜馬は、

「よう見ておったな。感心なやつじゃ」

と持ち上げた。二人は顔を見合わせて、何やら目くばせを交わしている。

「中屋敷の武士は寝込みを襲われたのにもかかわらず、よう奮戦したとかで、まるで赤穂《あこう》浪士を迎える吉良側の武士を見るようじゃったと興奮してただ。ただ、四人は殺られ、残りの十名ほども傷がひどうて、いずれ三、四人は死ぐやろうちゅうておった」

水ノ助は茶碗に残っていた半分の酒を飲み干した。

中屋敷には小姓の平泉小太郎がいる。彼の生死が心配だった。

「鳶の次郎吉《じろきち》には状況を話していないので、どうしてこんな争いがあったのか何もわかっちょらんが、どうもヘンなことを言うておった」

と水ノ助がいった。

「どうヘンなのじゃ」

「襲ってきた黒装束の頭領みたいな小男は、しきりに直俊君はどこだと探しておったようじゃが、迎え撃つ方では、奥方を守れというようなことを怒鳴っておったそうじゃ」

九十九と竜馬は互いの顔を見合わせてから、和三郎に視線を向けた。和三郎は腕組みを解いて水ノ助に聞いた。

「その次郎吉という鳶の正体は盗賊ではないのか」

水ノ助は頭を掻いた。

「さすが岡和三郎様じゃ。何もかもお見通しじゃな」

「話を聞きたい。明日にでもここに呼べるか」

「表に立たしぇてあるんや。座ると犬が唸り声をたてるでおっかないといっとった」

一太郎だな、と思った。一太郎には道場を守らせておいたのだが、いつの間にか居酒屋に移動してきたものとみえる。一太郎は助っ人代として一銭も要求しないので、和三郎は猪肉《ししにく》を食わせるようにしていた。山クジラというやつだ。それを食い出してから一太郎はますます筋肉がついてきた。

水ノ助と一緒に入ってきたのは、痩せた貧相な小男だった。鳶をしているというのは本当で、小遣い稼ぎに月に一、二度、旗本の屋敷に忍び込むのだという。

「狙いは旗本屋敷か、それはなぜだ」

そう聞いたのは九十九である。九十九の本懐は大身の旗本の指南役になることにある。

「旗本が一番狙いやすいんで。守りが雑というか、手薄なんだよ。無役の八百石なんてあたりが金も不自由してねえし、用人もボンクラだからすぐ忍びこめるし、金蔵なんかすぐ開く。十両くらい盗んでもてんで気づかねえ」

「大名はどうじゃ？」

と九十九が聞いた。次郎吉は頭を横に振った。

「大名はダメだね。どこも財政がガタガタだ。札差《ふださし》に大金を借りていて、蔵にあるのは借用書だけだ。小判なんかおいてねえ。それから越後屋《えちごや》みてえな大商人の店には大金が唸っているが、絶対に忍び込んではいけねえとこだ。商家は戸締りが厳重だから危ねえ。蔵の前に用心棒を置いているところもあるんだ。やっぱ、旗本だね」

「おい、いいのかそんなことを我らの前で喋《しゃべ》って」

九十九は剣呑な目つきになっている。

「だって、おいらが盗人だってことはもうバレていると、水ノ助の旦那がいっていたからさ。それにおいらにはあんたらが大盗賊の臭いがするからよ。ご同業だ」

和三郎は空になっている茶碗に酒を注いで、次郎吉に差し出した。水ノ助が物欲しそうにしているので、下から徳利に酒を入れてもらってもってこいというと、小躍りして飛び出していった。

「ところで、次郎吉がヘンなことをいっていたと水ノ助から聞いたが、それはどういうことだ」

「だから、黒装束の頭領が直俊君を探せと叫んでいたんすよ。それで賊の一味はあちこちの部屋を探し回っていやしたが、結局、守っている側に斬られちまった。その守っている側は、直俊という名を一切口にしなかったすよ。いや、ひとり偉そうな武士がその名前を出したが、それは戦いがすんでからだ。あれは一体なんの争いなんで？」

「お家騒動だ」

「はあ、お家騒動？　そんなふうには見えなかったすね。なんせ黒装束と武士との斬り合いだったですからね。お家騒動っていったら、国許と江戸藩邸がもめているということではないんですかい」

町の者がよく知っているなと和三郎は感心した。どうやらお家騒動は江戸では珍しい出来事ではないらしい。

「そうじゃ。だが、国許の争いが江戸で起こっている」

そこへ水ノ助が二合徳利を四本抱きかかえて戻ってきた。早いのうといったのは竜馬である。さっそく自分の茶碗に注いでいる。

「直俊君といわれるお方は土屋家の嫡子で、つぎの領主となられるお方だ。この方を黒装束の賊どもは探して捕らえるつもりでおったのじゃ」

「そうか。でもよ、守っていた侍さんたちは、嘉子様を守れといっていたぜ」

「そこだ。中屋敷側の者は、直俊君がそこにはいないことは分かっている。だから賊の目的は奥方を拉致することだと思い込んで戦ったのだ。嘉子様とは中屋敷におられる現土屋家藩主の奥方のことだ」

「へえ、そうなんで」

「ありていにいうと、前の藩主が自分の息子を世嗣にしようと企《たくら》んでいるということなのだ。そのためにはまず、今の藩主の嫡男を亡き者にする必要がある。藩の乗っ取りを仕掛けた前領主と、それに抗《あらが》う二つの勢力がある。それで互いの家来どもが入り乱れて戦っておるというわけじゃ」

酒を飲んでいた水ノ助がむせた。

「岡様、次郎吉みたいな盗人にそこまでいうことはないでしょう」

「いや、次郎吉だって、何も分からないまま、探索方の務めをするのは納得いかんだろう」

「探索方？　ですか？」

「うん。次郎吉が最前言いかけた、中屋敷にいた偉そうなやつが、戦さの最後に直俊君の名を口にした、というのはどういうことだ」

次郎吉は頭をかかえた。えーと、何だっけと呟いて口をひん曲げている。貧相なひょっとことという感じがした。

「たしか、直俊君は出雲守の屋敷に匿われておるといっていたな。あ、思い出した。そいつは榊原様と呼ばれていたよ」

榊原邦彦だ、と和三郎はすぐに察しがついた。家老の黒田甚之助は現藩主忠直様の忠実な配下だ。榊原は黒田甚之助の指図に従う下僕でもある。三本の糸が繋《つな》がっているということは、本物の直俊君が堀唯之介に守られていることはみな知っている。

（しかし、何かが変だ。どこかで食い違っている）

和三郎は次郎吉に手をついた。

「探索方というのは、次郎吉に堀出雲守の上屋敷の様子を探って欲しいということだ」

そういってから財布を重々しく取り出した。

「先ほど、次郎吉は月に一回、十両ほどの小遣い稼ぎをしておるといっていたな」

和三郎の目は上目遣いになっている。いやしい目つきをしているだろうと自分でも想像がついた。

「ついては、その駄賃だが……」

「おっと、大名屋敷を探るのだったら、一両じゃダメですぜ。なんせ、吉原でなくても本所の売女《ばいた》相手でも、十両くらいすぐに使っちまいやすからね。ですが、今は手元不如意なんで、五両で取引成就といきやしょう」

貧相なひょっとこが、急に幇間《ほうかん》みたいになって頬を膨らませてにやけている。

「それに堀出雲守の屋敷でしたら、忍者みたいなことをやっていた元隠密が、中間として雇われているんでさあ。旦那の話を聞いて、多分そいつは前の領主にくっついている悪いやつから指令を受けて、中の様子を探っているんじゃねーかな」

「さすが、盗人同士のつながりはしっかりしているな」

「いや、おれは誰とも組んで仕事はしない方でしてね。そいつは盗人としても出来の悪いやつですから、他の盗賊から嫌われているんですよ」

次郎吉の話を聞きながら、和三郎は小判と小銭を合わせて五両をそろえた。

隣にいる九十九が目を剝いた。

「おぬし、剣術修行の身じゃろ。どうしてそんなに銭を持っておるんじゃ」

元中屋敷の用人、田川源三郎から三百二十両ばかりを掠《かす》め取った分だ、とはさすがにいえず、和三郎はただ頭を掻いていた。そろそろ床山に行かなくてはならんなとも思っていた。

五

風雲急を告げるとはこのことだ、と和三郎は思った。堀出雲守の上屋敷に忍び込んでいた次郎吉が、二日後、とんでもない知らせを持って居酒屋に駆け込んできたのである。

和三郎は道場に入門してきた新しい弟子相手に、稽古をつけているところだった。千葉道場帰りの竜馬が道場見学と称して、丁度顔を出したところだった。

和三郎は一昨日から道場に寝泊まりしている九十九長太夫と竜馬に、道場の二階にいる直俊君の側《そば》についているように頼んで、居酒屋の二階の部屋に駆け込んだ。次郎吉は待っているのももどかしげに、声を潜めていった。

「直俊という若君は死にかけていますぜ」

「なんじゃと！」

衝撃を受けた。頭の中が一瞬空っぽになり、次に火花を放ちだした。

（あわてるな和三郎。大きく息を吸え）

最初の衝撃が収まると、和三郎はゆっくりと頷いた。それから、聞いた。

「今、何といった？」

「若君が死にかけているんですよ。直俊というまだ四、五歳の幼い子です」

「七歳だ」

「七歳？　そうは見えなかったな。痩せこけて、骨が細くて、なんだかずっと病気だったような感じだったすよ」

若君が病弱であることは和三郎も耳にしたことがある。寡黙な小納戸役《こなんどやく》の兄壮《そう》之助《のすけ》が、随分前にそういうことをふと口にしたことがあった。

やはり肺に疾病を持つ父、忠直公の血筋を継いでいるだけに、直俊君は生まれついての虚弱児なのかもしれなかった。

「次郎吉は直俊君の寝所に忍び込んだのか」

「ああ、天井の羽目板の隙間から覗き見していたんだ。立派な医者が入れ代わり立ち代わりしていた。髭《ひげ》を生やした医師は、そばに付いていたお武家さんに、肺が潰れておるといっていましたよ。別の蘭方医《らんぽうい》は、もう、手を尽くしたとあきらめていた様子でした。今夜が峠だともいっていた。それが昨晩のことです」

（なんということだ）

和三郎は絶叫したい気分をなんとか抑えた。

（直俊君が亡くなってしまっては、全てが謀反組の思い通りになってしまうではないか）

そこで、

（風雲、急を告げる）と和三郎は胸の中で叫んだのである。だが、実際には何をすればよいのか分からない。

こういうときに、酒飲みは腰を据えて、これからのことをじっくり考えるのだろうと思った。

和三郎は剣術修行の身として、酒を飲むのを控えていた。実際に飲んだことがないので、自分が飲めるたちなのか、下戸なのかも分からない。

今こそ、それを試すときではないのか、と邪《よこしま》な考えが頭を掠《かす》めた。

（耐えろ、ここが頑張りどころじゃ）

和三郎はうんうんと呻いていた。

「旦那、岡の旦那」

「なんじゃ」

「大丈夫ですかい。顔が蛸《たこ》のように真っ赤に膨らんでいますよ」

「大丈夫ではない」

「はあ、そうですか」

「誰でもいいから、斬り殺したい気分じゃ」

わっと悲鳴をあげて、次郎吉は部屋の隅まで踵《かかと》を蹴って飛び退《の》いた。やめてくれ、と懇願している。その気持ちがどうやら本当らしいのは、指先がぶるぶる震えているので分かる。

「殺しはしない。では、おまえは何で昨夜《ゆうべ》のうちに知らせてこなかったのだ」

「知らせたって旦那が何かできるわけじゃねーでしょ。医者じゃないんだから」

その妙に冷静な物言いに和三郎は、なるほどと頷いていた。

「それでもう少し探ってやろうと思いましてね、堀家の別の部屋に行って聞き耳をたてて一晩過ごしたんですよ」

「それで何か分かったか」

次郎吉は首を傾げた。

「へえ、それがですね、なんかヘンなんすよ」

「出し惜しみをするな。何がヘンなのだ。さっさといえ」

「へえ、そこは堀のお殿様の書院でしてね。そこに集まっていた殿様と二人の武士が、これで土屋家はもう終わりだ、といっていやしてね、じっと聞き耳をたてていると、国松は赤ん坊のままだし、その親父《おやじ》は狂ったあげくに自刃したことになるだろう、とこういうんでさ。なんか恐ろしいことが起こっているなとあっしでも分かりますから、すぐに屋敷を出ようとしたんですが、生憎《あいにく》中間に見つかりましてね。一昨日話した元隠密だったというやつです」

「うん……」

「出来損ないといってもさすが元隠密でね。あっしは逃げるのに一生懸命でして、今朝まで厠《かわや》の後ろで隠れていたんです。そのあと銭湯に行きやして一眠りしていたんです。そういやあ、書院にいた堀の殿様というのは、なんか顔つきが旦那そっくりでしたよ。どうです、五両じゃ安いくらいの仕事をしやしたぜ」

和三郎は次郎吉の話など聞いていなかった。

（直俊君は肺に疾患があり、もしかしたら、今朝を迎える前に亡くなっているかもしれない。国松君は赤ん坊のままだという。陰謀を企てた黒幕の忠国様は自刃する？　国松君が赤ん坊のまま、とはどういうことだ？）

和三郎は考えた。将棋指しでいうところの長考である。だが、考えることに慣れていない和三郎は、一刻（約十四分）ほどで、思考が乱れた。

「えーい、もう駄目じゃあー」

和三郎は両腕を上げて絶叫を放った。

次郎吉はその声にひっくり返った。

「おい、次郎吉。うらに筋違橋門内にある土屋家の上屋敷に忍び込む方法を伝授してくれ。いや、すぐにおまえが連れて行ってくれ。うまくいけば、もう五両だ」

「へえ、ですが、屋敷といっても中は広いですぜ。城外ですから、ただ忍び込むだけだったら何とかなりますが」

「殿はおらん。国許だ。家老の白井貞清か黒田甚之助殿にお会いする。おまえのいったことが本当かどうか確かめる必要がある」

意気込んでいうと、和三郎は刀を左手に持って立ち上がった。そのときを見計らっていたように、障子が荒々しく開かれた。そこに竜馬が立っていた。

「竜馬、どうした。何かあったのか」

「妖怪が出たぞ」

「なんじゃと？」

「違う違う。儂らを助けてくれたんじゃ」

そういって竜馬の背後から出てきたのは、倉前秀之進である。逸見弥平次もいる。

「おいおい、やめんか」

といって階下から上がってきたのは、なんと中村一心斎である。一心斎は一太郎に袴の裾を引っ張られて往生している。その肩に置かれているのは、直俊君である。

「お、直俊君。先生も帰ってこられたんですか。しかし、こ、これは一体どういうことですか」

突然みなが居酒屋の二階にそろったので、和三郎は混乱していた。なんだか、時代がひっくり返ったような悪い夢でも見ている気がした。

「だめだよ、旦那さん。犬を座敷に入れちゃダメだ」

太った下女があたふたと階段を上ってきた。たわけ、と怒鳴ったのは逸見である。

「ここにおわしますはただの犬ではない。将軍家のお犬様じゃ。つべこべいわずに、お犬様に食物を持ってこい」

逸見が怒鳴ると、下女のあとをついて階段の途中まで上ってきた居酒屋の主人が転げ落ちた。

ますます和三郎はわけが分からなくなった。

「今しがた、道場が襲われたのじゃよ。いや、岡殿、おぬしらには関係ない。我が浅野家の問題じゃ。今中大学の一派が五人改易《かいえき》になってな、改革が完全に成功したとはまだいえんが、一応最悪のやつらは追放された。その一派の者、十数名が儂らの隠れ家を襲ってきたのじゃ」

「だがな、道場にいる連中はまだ鼻垂れ小僧どもでな。あっという間に逃げてしまいおった。二階にいた浪人が奮戦してくれたが、多勢に無勢、何箇所かに傷を負った。そこへおれらが駆けつけたのだが、死にもの狂いのやつらに手を焼いてな。あやうく斬られるところだった」

逸見が倉前のあとを引き取っていった。逸見の隣に座った竜馬が頭を掻いて顔を上げた。

「儂は二階でおんしにいわれた通り直俊君を守りよったのけんど、どうにも危うくなってな。面目ないけんど押入れから天井裏に隠れようとしよったのよ」

竜馬が顔を潰して呟いた。言葉通り、面目丸つぶれ、という表情をしている。

「そこへふらりと現れたのが、かの中村一心斎殿じゃった。噂《うわさ》通りげにまっこと玄妙な術を使われてな、小刀の木刀一本で瞬く間に十数名を打ち倒されよった。浜松のときと同じじゃ。いや、恐れ入った。男谷精一郎先生がかなわぬ相手といわれた意味がよう分かったちゃ」

中村一心斎は直俊君を下ろして座ると、

「酒はないのか、喉が渇いた」

と渋い声でいった。隣り合わせになった竜馬が、

「酒どころか、茶ひとつ出ちゃーせんぞよ」

と偉そうにいう。

竜馬などどうでもよかったが、一心斎の言葉に和三郎は震え上がった。風雲急を告げるとわめいたことも忘れてしまっていた。

「次郎吉、酒と肴をどんどん持ってこさせろ」

それを聞くと次郎吉はふっとんで階下にいった。

「浅野家のことはだいたい分かった。で、この子供は何だ。土屋家の若君の様子じゃが。待て、その前にこのワン公を何とかしろ。儂の袴をずっと噛《か》んでおるんじゃ」

一心斎の袴を牙を立てて噛んでいるのは一太郎である。和三郎は神妙に一太郎

の頭を叩いた。一太郎の低いうなり声が部屋に響き渡った。一同はじっと犬の様子を窺っている。

「まだ連中がそこいらに隠れているのではないか」

そう逸見が窓を開けていった。外から雪を含んだ冷たい風が吹き込んでくる。

「いや、誰もおらん。このワン公は興奮が収まらないのだ。儂にご主人をなんとか救ってくれと訴えておるのじゃ」

一心斎の言葉に耳を傾けた和三郎は、直俊の前に手をついた。

「直俊君、ご無事で何よりでございます」

「岡も達者で何よりじゃ。これからまた戦さに行くのか」

直俊君は整った顔を和三郎に向けて聞いた。

「戦さではございません。敵のこもる屋敷を探索しに参ります」

「わらわもいくぞ」

「駄目でござる」

そこだけは厳しく叱った。直俊君はさみしそうに俯《うつむ》いた。

酒がくると一同は急に元気になった。みなが酒を飲む間、茶だけを飲みながら、和三郎は師の一心斎にかいつまんでこれまで起こったことを説明した。

最後に土屋家の家老に直接詰問することがある、というと、盃《さかずき》を口の手前で止めて、一心斎は呟いた。

「問い質すのであれば、留守居役がよい。惚《ぼ》けてはいても事実を知っているはずじゃ。他の家老はたとえ味方でも油断はするな。それからな、これは儂の勘じゃが、おぬしは兄の身代わりにされたのではないか。それを仕掛けた人物は、意外なやつかもしれんぞ」

一心斎はまた謎めいたことをいって酒を飲みながら瞑想《めいそう》に入った。

隣にいる竜馬は、身振り手振りで「妖怪」といっている。その竜馬を倉前秀之進と逸見弥平次はぼんやり見つめている。

六

留守居役の白井貞清の役宅は、上屋敷の中に建てられていた。江戸屋敷の責任者といっても、白井家老の家禄《かろく》はわずか四百石である。他の大藩の家老のように上屋敷の外に別宅を構える余裕はない。

次郎吉の先導で上屋敷に入ると、まっすぐに白井の役宅を探し当てて和三郎は裏庭から中に入った。屋敷には何人か侍がいるはずだが、屋敷内は恐ろしく静まり返っている。火を灯している部屋がふたつあったが、中からは咳ひとつ聞こえてこない。

次郎吉のいう通り、金蔵に千両箱のない江戸屋敷に盗人の影はなく、侵入するのはわけがなかった。門番まで眠りこけているので、和三郎は自分が家来であることが情けなくなった。

フクロウが鳴いた。晩秋から初冬のフクロウがどんな鳴き声を出すのか知らないが、庭先に身を潜めている次郎吉が出す鳴き声は、凍えているようでもあった。

白井家に入り、真っ暗な部屋の隅に座ったまま、和三郎は白井が戻るのを待った。

最初に入ってきたのは火を灯しにきた小姓である。蠟燭《ろうそく》に火がつくと書見台に置かれた本が明るくなった。小姓は和三郎の存在に全く気づかずに出て行った。

しばらくして廊下を歩く足音が和三郎の耳に入ってきた。歩調はゆっくりだったが、体の揺れは少しもなかった。

(留守居役は惚けてはおらん)

とっさにそう悟った。

白井は自ら障子を開けて部屋に入った。それから書見台の前に座ろうとして、ふと部屋の奥を透かし見た。

「わっ」

白井は腰を落とした。半分白い鬢《びん》が一気に白くなったようだった。驚愕《きようがく》の表情が年老いた猿に似ている。それも狒々《ひひ》と呼ばれる外国から持ち込まれた猿だ。

「なんじゃ、おまえは。刺客か」

「岡和三郎と申します。白井様のご返答によっては刺客にもなり申す」

「人を呼ぶぞ」

「その前に白井様をぶっ殺します」

白井は押し黙った。

「分かった。岡和三郎だったな。あの岡か。ホンモノか」

「白井殿は岡和三郎のことを、どのようにお聞きでございますか。誰かの替え玉になっているとお聞きですか」

「聞きたいか」

「是非に」

そのとき廊下に静かな足音がして、外から訪《おとな》いを入れる女の声が聞こえた。追い返すと思われた白井は意外にも、入れ、といった。女中がお茶を持って入ってきた。茶を白井の前に置いて振り返ったとき、そこに黒い影を見て、小さな悲鳴をあげた。

「あわてるな、客人じゃ。客人に茶を持て」

「菓子も頂きます」

「それから菓子も持て」

女中はそそくさと部屋を出た。和三郎は家老と呼ばれる人の貫禄を見た気がして気を呑《の》まれた。勘定奉行やその他の奉行と呼ばれて空威張りしている者たちとは、性格の良し悪《あ》しは別として、代々家老職につく者の肝の太さを感じた。

「儂が聞き及んでおるのは、岡和三郎は堀唯之介殿の身代わりだということじゃ」

和三郎はそこで黙った。やはり兄の身代わりだったのか、と思っていた。江戸に来るまでの東海道で襲ってきた刺客は、兄、堀唯之介としてうらの命を奪おうとしていたのか。

(でも、なぜじゃ。なぜ、堀家の人となった兄が狙われるのだ)

「知らんのか。堀唯之介じゃ。そなたの腹違いの兄者であろう」

和三郎が黙っているので、白井はしびれをきらしたように口元を歪めていった。

「存じております。私を兄の替え玉にするとは、どなたのご命令ですか」

「お上じゃ。それ以外におるわけがない」

「しかし、お上が私のことなど知るわけがありません」

「知っておったさ。正月に行われた御前試合での働きぶりは見事だといっておられた。そのときから、いずれ堀唯之介の身代わりになるのはこの者しかいない、と思っておられたのだ」

白井の皺だらけの口元が広がった。微笑を漏らしたのである。

「でも、なぜそんな早くから、兄に身代わりが必要になるとお上はお思いだったのですか。いや白井殿はそれを、お上からいつお聞きになったのですか」

「三月じゃ。忠直公から親書を受け取り、雪解けを待って野山領に戻ったのじゃ。わずか二日間しかおられなかったがな」

「もうひとつの疑問の方もお答え下さい。なぜ、お上は堀唯之介に身代わりが必要になるとお考えだったのですか。兄は、最早《もはや》、土屋家とは何の関係もございません」

落ち着いて話を聞こうとした和三郎だったが、気が急いたため早口になった。

白井は視線を廊下に向けた。

そこへ女中が茶と茶菓子を運んで部屋に静かに入ってきた。和三郎の前で丁寧に頭を下げ、家老に会釈をしてから何事もない様子で下がった。

「まず菓子を食え。それからもちっと寄れ」

そう白井から命じられて和三郎は栗饅頭《くりまんじゆう》を一口で食った。白井もそのとき初めて茶を飲んだ。和三郎は頬張った栗饅頭を急いで嚙みしめてから、茶を一口飲んで、家老の前に近づいた。二人の間にはわずか四尺（約一・二メートル）ほどの間しかない。

「お上は堀唯之介をいずれ直俊君の後見役にと考えておられた。三月には幕閣に、土屋家の嫡子としてようやく直俊君を届け出たばかりじゃった。あとは将軍様との謁見を済ませれば、晴れて世嗣となられる。じゃがな、お上にはみっつ大きな不安があった」

「みっつも、でございますか」

「そうじゃ、これはどれも一朝一夕には解決できないことばかりであった」

白井の灰色の目玉がすぐそばにある。和三郎は重大な密談をしている気になった。いや、事実、お上が抱えるみっつの難問そのものが、秘密にすべき事柄なのである。

　ゴクリと和三郎の喉仏が鳴った。

「まず、忠国殿の反乱じゃ。倅《せがれ》の国松を使って再び土屋家を乗っ取ろうとした。藩政が乱れたのも、かつて忠国殿に仕えていた者どもが江戸と野山で、堂々と謀反ののろしを上げたことで起きたことじゃ」

「そんなに早くから忠国様側は動いていたのですか」

「動いていた。直俊君を護るため、江戸に派遣される剣客がおれば、国許に潜入した幕府の隠密どもと競って殺そうとした。事実、数名が殺された」

　和三郎は頷いた。江戸に小姓組として赴いた、同じ道場の免許皆伝の岩本喜《いわもとき》十《じゅう》が惨殺され、兄弟子の原口耕治郎も刺客に殺された。

　勘定奉行の門前で和三郎がふたりの化け物から襲撃を受けたのも、

（忠国様側の策謀だったのか）

　と、そう思い当たった。

「二つ目のお上の悩みはご自身の体のことだ。幼い頃から肺に疾患があった、いずれ労咳《ろうがい》に冒されるのではないか、と悩んでおられた。さすれば嫡子の直俊君が孤立する。そのとき護ってくれる者といえば、従兄弟《いとこ》であられる堀唯之介殿しかいないと、お上はおっしゃられた」

「それで兄を補佐役にしようとされたのですか。でも堀家の兄より、殿の周囲には白井様はじめ執権を持つご家老、ご重役がおられたではないですか」

「儂はもう年じゃ。それに留守居役といっても単なる留守番ジジイでな。みなから惚け老人と馬鹿にされておる」

みずから惚け老人と自分を見下げる人は、実は大した人物であることを和三郎は知っている。大物ぶったり、善人ぶる者こそ偽物である。

「私は田村半左衛門殿から命を受けました。武者修行と、江戸の下屋敷におられる直俊君を護衛することとです。ですが、その直俊君は身代わりでした。その頃、嫡子の直俊君は、まだ野山領においでになったのですね」

「お上は洪庵塾《こうあんじゆく》の医者を呼ばれたそうじゃ。だが直俊君の虚弱体質は治らぬままじゃった。それでもっとよい医者に診《み》せるため思い切って夏に江戸に出したのじゃ。堀唯之介が付き添ってくれた。おぬしが替え玉というか、囮になって奮戦してくれたおかげでみなは無事に江戸に着くことができた。そのあとのおぬしの奮闘ぶりもよく聞いている」

「田村半左衛門様は、最初から何もかもご存知だったのですね」

白井の頬が皺で埋まり、灰色の瞳も目の皺に隠れた。

「あたり前じゃ。この作戦をお上に代わって企てたのは、お年寄りの田村殿じゃからな」

「ご子息の田村景政様もご家老で、執権を握っておられます」

　すると白井はあからさまに苦い顔をした。

「あやつの脳味噌《のうみそ》は腐っておる。じゃが保身には長《た》けておる。風見鶏《かざみどり》じゃ。倅を家老にしたのは親馬鹿だからじゃ、と田村殿も悔いておった」

「それでは直俊君のお味方は、江戸には誰もいなかったというわけですか」

「そうじゃ。その上、金もない。みんな松井重房や側用人の井村丈八郎、用人の辻伝士郎らに盗《と》られてしもうた。あ、おぬし、中屋敷から四千両を盗み出したそうだな」

「そうです。盗みというより、中屋敷用人の田川源三郎を脅したのですが」

「あっぱれじゃ。その金はどこに隠してあるのじゃ」

「ひと月前に忠直様宛に為替にしてお送り致しました」

　そう和三郎が答えると、白井はがっくりと首を落とした。

「気が利きすぎたな。その金はもう敵側に渡ってしまっておる。国許の永田紀蔵という家老が、まず為替を取り扱うことになっておる。こやつは忠国側の金庫番じゃ。その下に勘定奉行の森源太夫《もりげんだゆう》がおる」

やはり、あの勘定奉行は敵方にも通じておったのか、と和三郎は思った。

「では、忠直様はあの金を受け取りになっておられないのですか」

「金はお上の前を素通りじゃ。中屋敷の蔵にあった金はいわば表に出せない裏の金じゃ。つまり、忠国側にとっては機密費じゃった。それをおぬしは一旦は盗み出しに成功し、次に為替に替えてやつらに返してしまったというわけじゃ」

白く青ざめる白井を見つめながら、和三郎はほぞを噛んだ。そこまでは考えが至らなかったのである。

そのあとで金貸しに預けてある千両のことを思い出した。だが和三郎はここでその秘密を漏らす気はなかった。

ここへは、決死の覚悟で、事実起こったことを確かめに、乗り込んできたのである。平時であれば、小納戸役の弟が、江戸家老に会えるわけがないのである。

「事実を隠さずにお答え頂きたいと存じます。私の手の者が堀家に忍び込みまして、そこでとんでもないことを耳にして戻ってきました」

「手の者？　おぬしは密偵を雇っておるのか」

どうでもいいことに白井は反応した。

「雇っています。その者が聞いてきたのは……」

「儂にも密偵が必要なのじゃ。そいつを是非貸してもらいたい」

なんだか白井は必死になっている。皺だらけのしぼんだ指先が和三郎の膝に伸びてきている。

「ことと次第によってはお貸しします。その前にまず確かめたいのは、堀家にいる嫡子の直俊君が危篤だということです。昨晩がヤマだと医者が漏らしていたとも聞いています。事実はどうなのですか」

和三郎は反対に白井の膝に手を伸ばして詰め寄った。その手を白井の老いた指が摑《つか》んできた。そればかりか、指先を絡めてきた。

気色悪い、と思った。

「今まで他の重役どもと話し合うていたのは、実はそのことじゃ。直俊君は今朝、お亡くなりになられた」

動揺を隠さずに和三郎は聞いた。

「それでご重役様たちは、今後どうされるおつもりなのですか」

「どうもこうもない。身代わりになっておる子を嫡子にするしかないであろう。顔つきも全て、若君に似ているお子を選んだのはそのためじゃ。危急の時に備えて、これまで生かしておいたのじゃからな」

「しかし、身代わりといっても、今更、養子にお迎えするわけにはいかないでしょう。土屋家とは何の姻戚関係もないわけですから。幕閣の探索をごまかすことはできません」

白井は深く頭を振り下ろした。

「分かっておる。じゃから会議が紛糾したのじゃ」

「国松君はどうなのです。まだ五歳ですが、土屋家存続のためには一時であろうと、世嗣として届け出るしかないではありませんか」

「それは絶対に不可能じゃ」

絶対という言葉に力を込めて白井はいった。その一言を口にしただけでひどく憔悴《しょうすい》したように見える。赤ん坊のままだ、と次郎吉が堀家で盗聴してきた言葉が耳に残って反響している。

「国松君は生まれついてのうつけじゃ。口がきけん。喋れるのはチチとケケだけじゃ。そんなものは言葉とはいえん。おひとりで歩くこともままならん。それで屋敷の奥深くに、母のおアキ様とお住まいになっておられる。江戸の屋敷から出たことはない。あの体《てい》たらくでは、お目見えなど到底無理じゃ。それでこの頃、忠国殿もようやく乗っ取りは無理だと気がつかれたようじゃ」

「そんなことが……では土屋家はお家廃絶となるのですか」

国許にいる兄壮之助の顔、兄嫁松乃《まつの》の俯いた横顔、母静《しず》の細く衰えた表情が脳裏に浮かんだ。

（いままで散々土屋家を掻き回しておいて、息子がうつけだと悟ると、何もかも投げ出すというのか）

家臣、その家族を含めた千数百人を遊び道具に使っていたというのか。和三郎の憤慨は収まらなかった。

「でも何故、家臣が半分に分かれて死闘をしてまで、たかが替え玉の七歳児を力ずくで捕らえようとするのですか」

「そんなことも分からんのか。今申したであろう。影武者であろうと身代わりであろうと、直俊君が嫡子であることは幕閣がとうに認めておるのじゃ」

「だから何なのです」

もう、あの子は解放してやればよいではないかと和三郎は思った。替え玉の少年が大名家の存亡を左右できるわけがなかった。

「お目見えさえすませてしまえば、身代わりも立派な世嗣じゃ」

白井はそう断じた。和三郎はしぶとく食いさがった。

「お目見えといわれますが、養子でもないあの子が、嫡子として認められるとお思いなのですか」

白井は咳払いをした。それからひどく快活な声でいった。

「だから、幕閣には届け出をしないで、そのままとぼけてしまうのじゃ。替え玉が、今度は本物の嫡子に昇格するのじゃ」

七

「幕府には内密にして、死んだ嫡子のすり替えをするちゅうのか」

竜馬はそういうと低い唸り声をあげた。それから続けた。

「世間的には知られてはおらんが、我が土佐藩の藩主豊信《とよしげ》公は分家からの養子なのじゃ。先代豊惇《とよあつ》様は家督を相続してからわずか十二日目に急死してな、それで重役どもは、先代は病気のため引退した、と偽って、その間に豊信公を養子にしたのじゃ。先代豊惇様の死が公表されたのは、死から五ヶ月後の嘉永二年二月のことや」

「藩主の死を幕府に届け出るのを遅らしぇたわけか。じゃが、ほれは災難ともいうべき出来事で策謀でねえ」

そう和三郎はいった。竜馬は静かに頷いた。

「その通りじゃ。権勢を持っちゅーやつらはどんな汚い手を弄してでも、権力をわがものにする。やけんど、幕閣にはとぼけ通して、替え玉のあの子を嫡子とすり替えてしまうと決めたとは、とんでもない連中じゃな」

「そうだ。とんでもない話じゃ。これからうらは堀家にいる兄者の一味の助っ人に行かなならん。おぬしにはここに残って直俊君の護衛を頼みたい。九十九氏にも頼んやけど、昨夜の闇討ちで受けた傷がまだ完治しとらん。おぬしが頼りじゃ」

和三郎は必死で説得した。

「儂なんかより奥にいる妖怪の方が、よっぽど頼りになるじゃろが」

「直俊君は竜馬を頼りにしておる。一心斎先生は別世界のお人なんじゃ」

そういうと、今度は即座に、分かったと竜馬は頷いた。

「だが、兄者の助っ人に行くとはどういうことじゃ。また戦闘が始まるんか」

「家老の黒田甚之助殿から先ほど使いが来た。兄がうらに助っ人に来いといっとるとな。兄は今夜、土屋家の上屋敷に討ち入りをする気や。忠国側についてた松井家老、側用人の井村丈八郎ら悪党を征伐する気になっとる。つまり、悪党を一掃して、晴れて直俊君の後見人として屋敷に移る計画じゃ」

竜馬は細い目をさらに細めた。顔中が黒子《ほくろ》だらけになった。

「直俊君の後見人じゃと？　おんしの兄は替え玉の直俊君がここにおることを知っちゅーのか」

「知らん。恐らく、直俊君は上屋敷のどこかに匿われておると思っているのや。堀家の者は誰も知らん。それから昨日会うた留守居役の白井ちゅう家老にも伝えてはおらん。水ノ助も密告してはおらんはずじゃ。そのはずじゃ」

「水ノ助か。やけんど、あいつは完全におんしの手下になっとる。中屋敷の者どもに攻め込まれたときも、よう戦いよった。それより、下屋敷の三人がいかんな。家老どもに密告するならあいつらじゃろ」

「そうだな。水ノ助は信じる。じゃが、家老の白井貞清はしきりに密偵を欲しがっておった。うらは知らんぷりしたが、ほの密偵がいつここを探り当てるかも分からん。互いに、替え玉の直俊君を本物にすり替えて実権を握るつもりなのや」

竜馬は懐に両腕を入れた。今夜は酒は飲んでいない。

「なるほど。じゃから本物の直俊君が病死するのを見据えて、上屋敷では刺客を雇うて蠣殻町の屋敷を襲ってきたのじゃな。替え玉を盗むためにな」

「そうじゃ。あの子には何の罪もない。小姓組に勤める四十石の内海金蔵の三男なんや」

そういうと竜馬はうんうんと頷いた。和三郎は続けていった。

「夕刻、屋敷で中間として働いておる水ノ助が報告してきたことがある。中屋敷におった侍で元気な者の中でも敵味方に分かれておるらしい。半分の者がどんどん筋違橋門内の屋敷に集まっているそうじゃ。どんどんといっても六、七名ほどじゃ」

「討ち入りをするちゅう、おんしの兄者の計画が漏れたな。堀家で密告する者があったのやろう」

和三郎は憂鬱な気分で、そうや、といった。それから財布を出し、それを竜馬に預けた。

「これは世話になったおぬしへのお礼じゃ。二十両ばかり入っておる」

竜馬は財布を見てから、和三郎を睨みつけてきた。

「おんし、死ぬ気じゃな。いかんちや、死んだらいかん」

そこで和三郎は笑った。

「死にはしぇん。うらにはまだ千両ばっか残してあるんじゃ」

竜馬はあんぐりと口を開いた。頼んだぞ、といって和三郎は新しい草鞋《わらじ》をつけて土間に降りた。乱戦を予想して、すでに体には何重にもさらしを巻き付けてある。

「待て、和三郎。おんし、木刀で敵の中に入っていくつもりか」

「そうや。一心斎先生の前で真剣など使えんやろ。それも死人から盗んだ刀じゃ」

「待てちゃ、ええカッコしゆ場合か。敵は殺し屋集団なんじゃ。殺しても構わんやつらじゃ」

竜馬は本気で怒り、道場の床板に仁王立ちになって本気で行かせまいとした。

「ええカッコしよるのが越前野山の男じゃ。直俊君を頼む」

和三郎が外に出ようとすると、ぶつかってきた者がある。匂い袋からかぐわしい香りが漂ってくる。

「沙那さん、どうしてここにいる」

「お止めは致しません。ただ、わたくしはどうしても直俊君をお独りにはできません。ずっと付いておりとうございます」

暗い中で沙那の美しさがなまめいた。この人が、許嫁《いいなずけ》と呼ばれたことのある女性なのだと思うと、和三郎の胸は異常に高鳴った。

「分かった。じゃが、敵に見つかったら沙那さんも一緒に拉致されるかもしれんぞ」

「その心配はご無用です。敵には見つかりません」

そういうなり沙那はいつの間に取り出したのか、羽衣のような銀色の絹を夜の中で扇《あお》いだ。すると沙那の姿がその羽衣の中に消えた。

和三郎は目をぱちくりと瞬《しばた》いた。

羽衣がはずされると沙那がそこに佇んでいた。微笑《ほほえ》みが浮いている。

「なんじゃ、今のは」

「隠れ唐衣です。どうぞお気をつけて下さい。差し出がましいのですが、わたくしには江戸の重鎮の人たちも、和三郎様の兄上側のお方々も信用できません。お命を無駄になさいますな」

「分かった」

待ち伏せに遭った兄を山中で亡くしている妹の言葉は、和三郎の胸にこたえた。

「沼澤さん方も招集されました。もし、敵味方に分かれるようなことがあっても、下屋敷の三人とは刀を合わせないようにして下さいませ」

沙那が声をひそめていった。瞳に星が浮いている。和三郎がきびすを返すと、和三郎、と背後から竜馬が呼びかけてきた。

「話を聞いちょった。どうも怪しい雲が漂うちょる。今夜は直俊君を土佐藩藩邸の組屋敷にお泊めする。沙那さんは直俊君の姉ということにしちょく。その方がよさそうじゃ」

「それは助かる。密告する者はどこにでもおるでな。では頼んだぞ」

和三郎は夜の中を駆け出した。

八

下谷御成街道沿いに建っている堀出雲守の上屋敷の門を叩いた。角に立つ辻番小屋から長棒を持った番人が出てきて、和三郎を尖った目で見つめた。番人を無視して、和三郎はもう一度門脇の小門を叩こうとした。

その前に小門が開き、中から門番が首を横にして和三郎を見つめた。

「岡和三郎だ」

一言いった。すると門が開かれ、そこに別の侍が佇んでいて、「岡殿か」と聞いてきた。和三郎は黙って頷《うなず》いた。

「殿がお待ちです。こちらです」

屋敷にはもう一棟大名屋敷のような大きな建物があって、和三郎はその庭に招き入れられた。庭にはすでに三十名くらいの剣客めいた者が集まっている。中屋敷にいた斎藤道場の者も数名目についた。

連れてきた侍が「岡和三郎様です」と一言、開け放たれた座敷に向かっていった。廊下の奥の座敷から大きな影が立ち上がってきて、廊下に佇んだ。

「和三郎か。おぬしには儂の影武者になってもらったようじゃの。苦労をかけた。唯之介じゃ」

大きな影は和三郎に腕を伸ばしてきた。その腕を取ると、和三郎の体はすっと引き上げられた。ふたりは廊下に立ち並んで互いの目の奥を探り合った。

「なるほど、大した体だ。儂もでかいがおぬしは体の造りが違う。屋敷に巣食っているなまくらな無駄飯食いどもでは、どうあがいてもおぬしには勝てんな」

「お初にお目にかかります。和三郎にございます」

「母は違うが実の兄弟には違いがない。妹の佳代《かよ》は祖父義崇様の屋敷におるようじゃな」

「はい」

「父上は儂に五千石を継がせて、己は剣術の修行に出られた。江戸に出て道場を持ったこともあるらしい。もう五十の半ばになっているはずだが、消息は途絶えたままだ。何か聞いておるか」

唯之介の大きな目が、食いついてくるように和三郎を見つめている。

「父のことについては、中村和清という姓名以外ほとんど何も知りません」

すると唯之介は、ハハと声に出して笑った。

「その中村よ。父上は会ったこともない中村一心斎という剣客に憧れて、勝手に弟子を名乗っていたらしい。それで中村と姓を改めたのだ。中村一心斎は若い頃から剣聖と呼ばれていたそうじゃな。儂は剣術の方はさっぱりでな、その方面のことにはうといのじゃ。今夜はおぬしが頼りじゃ」

「はい」

和三郎の胸は早鐘を打つように激しく鳴り響いた。

(父も自分も、剣術の師と仰いだお方は同じ方だったのだ)

唯之介は和三郎の肩に腕を回して、庭に集まった者たちに声をかけた。

「これが岡和三郎だ。儂の実の弟だ。知っている者もおろう。今夜はこの和三郎が味方につく。よいか、まず、土屋家乗っ取りを企てた忠国の家臣団の首を取る。

家老の松井重房、側用人の井村丈八郎、用人の辻伝士郎、大目付の原雅之進《はらまさのしん》、番頭の中越呉一郎、この五人は容赦なく斬れ。それで土屋家の逆臣は一掃したも同然だ。それでも歯向かってくる者は斬れ。それから人質になっている直俊君を救い出す。同士討ちをしないために白いたすきをかけろ。まだつけていない者はここに用意がある」

奥の座敷から出てきたのは武田道場の師範大石小十郎である。その手に白いたすきを持っている。数名の者がそれを取りに来た。

(兄者は、やはり直俊君は松井家老らに捕らえられていると思い込んでいるのだ。嫡子の直俊君が死んだ今となっては、残った影武者の直俊君が次の藩主となられるのは、留守居役の白井貞清のいっていたことと同じだ。いや、あの惚け老人こそが、兄上と通じていたもう一方の黒幕だったのだ)

「逆臣の屋敷はそれぞれ分かっておろう。作戦を練った通りに進めるのだ。離れず、十名がひと塊になって踏み込め。では、参るぞ」

兄、唯之介の合図で一同は門を出た。すぐに神田川の流れが大きく耳に入ってきた。ここらはお留川《とめがわ》になっているので、夜釣りで鯉《こい》などを釣る者はいない。漆黒の闇である。

一行は筋違橋を渡らず、その上流にある昌平橋を音もなく渡った。橋の南端で監視していた橋番人は、三十名の剣客たちの行進に肝を冷やして体を丸めて暗がりに潜り込んだ。

土屋家の屋敷に来ると、待っていたかのように、内側から大門が静かに開かれた。すでに味方の者が潜入していたようだ。

まず、松井家老の屋敷を先に立った十名がひと塊となって襲った。その合間に側用人の井村丈八郎が斬られた。老人は襲われたときにはすでに呼吸もできないほど怯《おび》えていたという。それでも指図した大石小十郎は情け容赦なく首を落とした。

用人の辻伝士郎には残った十名の内から五名が最初にかかったが、辻から槍で応戦され手こずった。そこへ井村を抹殺し終えた十名が飛び込んで、辻を囲い込みふたりが左右から飛び込んで腹を斬った。辻は傷を負った状態で庭に引き出された。

大目付の原雅之進を討つことにはあらかじめ計画があったようで、梯子を持った侍が三方から囲い込みをかけ、そこを左右から槍で突いて絶命させた。見事な連携だった。

番頭の中越呉一郎は、十名ほどの黒装束の刺客を用意していた。手練れの刺客が相手になったことで、堀側に数名の死傷者が出たようだった。斎藤道場の門弟が刺客相手に奮戦していた。だが、和三郎はよく観察していなかった。

その間和三郎は、はからずも逆臣にされてしまった、屋敷内の組屋敷に住む士屋家の家来たちを、しきりに説得していた。その中には、下屋敷にいた沼澤たち三人の姿もあった。見つけてきたのは屋敷に中間として働いていた水ノ助である。

三人は抜刀して和三郎に向かって身構えた。ここは刀を捨てて降参した方がいいと三人に向かって和三郎はいった。

組屋敷には六十名ほどが住まいしているはずだが、その多くは堀側を逆臣だとみなしていたのである。それも用人らがその考えを植え付けた結果なのである。

(元はといえば、平凡な江戸定府の侍か、田舎《いなか》の純朴な者たちなのだ)

それでも刀を振りかざして歯向かってくる者たちを、木刀を持って制御した。下屋敷にいた沼澤ら三人をたとえ木刀といえども、打ち倒す気にはなれなかった。彼らだって彼らなりに直俊君を守ってきたのである。

「何をしておる。刀をしまえ。斬られてしまうぞ」

「わたしが密告したのだ。もう、駄目だ」

片腕にさらしを巻いた小野田豊平が泣きながらわめいた。

「小野田氏か、無事だったのか」

「わたしが直俊君の隠れている場所を、番頭にいってしまったのだ。直俊君が死んだのもわたしのせいだ」

小野田はへっぴり腰で刀の切っ先を振り回している。

「小野田氏は混乱している。直俊君はふたりいる。堀家にいた直俊君は病気で亡くなったが、おぬしらがお守りしていた直俊君は無事だ」

「だが八丁堀の中村道場に隠れておると吐いてしまった。おれはもうダメだ。殺される」

竜馬の機転のおかげだ、と和三郎は感謝した。

「生きておられる。刀を捨てて何も知らなかったことにしろ。沼澤殿もここは意地を張らず我慢してくれ。まずは生き延びることだ」

「分かった。あとはまかせる」

沼澤が刀を置いた。横で震えていた平田伊右衛門も続いて刀身を納めて地面に置いた。小野田が片腕で涙を拭いながら膝をついた。

「岡殿！」

不意に沼澤の目が吊《つ》り上がった。

和三郎の背後から殺気が押し寄せてきた。和三郎は振り返ることなく、斜め前方に前転した。背中で夜気を斬る鋭い音が風のように鳴った。

　顔を上げると、大石小十郎が鬼の形相で、上段から刀を振り下ろしてきた。かわすことはできなかった。とっさに木刀で受けたが、硬い栗の木を削って作った木刀が、真ん中で切り落とされた。だが、隙が生じた。それでもう一度、地面を回る時ができた。

大石の真剣の切っ先は勢い余って地面を打った。小石も当たったとみえて、地面から火花が走った。和三郎は素早く立ち上がると、

「沼澤さん、剣だ」

と叫んだ。沼澤が剣を投げてよこすと、和三郎の手に届く前に大石の剣が途中でそれを打ち落とした。仕方なく脇差《わきざし》を抜いた。

「直俊は貴様が匿《かくも》うとったのじゃな。今しがた知った。辻伝士郎が吐いた。唯之介君にそれを伝えなんだちゅうことは、貴様は何か企んでおるな。忠国の下僕にでも成り下がったのか」

「直俊君をお家騒動に巻き込ましぇんためには、そうするしかなかったのや。あ

の子は内海家に返す」

「何を善人ぶっとるのじゃ。今は戦国の世じゃ。ほんな青臭いことが通用すると思うとるのか」

大石は刀を正眼に構え直して、じわりと間合いに踏み込んできた。その切っ先に大石の意思が伝わる寸前に、和三郎は疾風《はやて》の如《ごと》く飛び込んで脇差で大石の脇の下を斬った。

大石は体を入れ替えると、八相《はっそう》から和三郎の片脳を狙って振り下ろした。受けるのが間に合わず、腰を落とした。頭のすぐ上をすさまじい剣の唸り音が行きすぎた。

次に大石は刀を右後ろに引いて、和三郎の顔面を突き刺してきた。和三郎はただ待ってはいなかった。それを見越して脛《すね》をめがけて脇差の切っ先を突き立てていた。切っ先が骨を削った。確かな手応えがあったが、それでも大石は倒れなかった。

和三郎は再び地面を回転した。そのとき「岡さん！」と叫んで、刀を差し出してきた者があった。中屋敷にいた平泉小太郎である。

その力を摑むと、和三郎は回転をしながら起き上がった。大石の金色に燃えた目玉が迫ってきた。和三郎が間合いを測るには体勢が崩れすぎていた。自然に地面を蹴っていた。空中に黒い大きな影が溶け込んだ。和三郎は舞いながら刀の鯉口を切った。

大石の体が伸び、突きが繰り出されるのを真上から望んでいた。自分が月になったような不思議な心持ちだった。

降りてきた和三郎の剣は、大石の右目を貫いていた。ぎゃーッと悲鳴があがった。その瞬間、周囲の動きが凍りついた。暗闇が降り注いできたような静寂の中で、和三郎はゆっくりと大石の喉を銀色の剣で貫いた。

絶命した大石の向こうから兄堀唯之介が近づいてきた。

「戦さは終わった。直俊君のことはもう好きにするがよい。国許の土屋家の当主忠直殿が亡くなった。連絡が来たのは今しがただが、十二日前には肺病で亡くなられていたようだ。土屋家は私が守る。最早信じられるのはおぬしだけだ。ぜひ私の右腕になってほしい」

そういって兄、堀唯之介は秘密めいた笑みを浮かべた。

（殿が死んだ。直俊君も亡くなった。そして兄者が土屋家の当主になるというのか。そんなことが可能なのか）

和三郎の心は茫洋《ぼうよう》とした荒野に放り出され、嵐の中で翻弄されていた。

九

朝になっていた。

「それでおぬしはどう答えたのじゃ」

「うらは土屋家には戻らず、このまま剣術を続けるといいました」

和三郎は道場の奥の部屋で、師中村一心斎とふたりで向かい合っていた。

「兄上はなんと答えた」

「親父殿のようにか、といって笑っておりました。それからいつでも戻ってこいといっておりました。でも、忠直様が亡くなられた今、兄者が土屋家を継ぐということができるのでしょうか」

「末期《まつご》養子じゃ。それなら可能じゃ。当主が急病で死んでからでも養子縁組は成り立つ」

一心斎は無表情にそういうと、うねが用意した酒を飲んだ。そして目を窓の外に広がる冷ややかな空に向けた。

「そちの兄は最初からこうなることを予期していたのかもしれんな。多分、弟を自分の替え玉にしようと考えたのもおぬしの兄じゃろ。長い間、このときを待っていたのじゃろう」

「といわれますと」

「親父殿が六代目も七代目も名乗れずに、放逐された復讐《ふくしゅう》じゃ。頭も切れるが、辛抱もできる男のようじゃの」

一心斎は酒を口に含むと、ニヤリと笑って盃を和三郎に差し出してきた。

「いや、私はこれはいけません」

「師弟の契りじゃと申してもイヤか」

一心斎の白い歯が不気味である。和三郎は着物の上で拳を握りしめた。

「実はな、儂は上総《かずさ》の木更津《きさらづ》に隠棲《いんせい》する。これから出立する」

気楽な調子でそういった。和三郎は仰天した。

「こ、これからでございますか」

「それでな、この道場は弟子のおぬしに預ける」

いっ、と口を開いたきり、和三郎は次の言葉を失っていた。

「なに、元々この道場はおぬしの父が儂のために用意してくれておったものなのじゃ。まだ見《まみ》えん内から中村道場と勝手に名をつけておった。実際に刃を交えたのはおぬしにいった通り、野山領の北山《きたやま》の館じゃ。今日、ここをおぬしに返す」

「し、しかし急にそういわれましても、私にはどうしてよいのか」

「弟子はもういる。広島藩のイキのいいのが十名ばかり入門してきた。少ししごいておいたから、儂がいなくなったと知れば安心するじゃろう」

「はあ」

とまだ状況がつかめないでおろおろしていると、玄関から賑《にぎ》やかな声で喋る土佐弁が聞こえてきた。

「おお、ここにおったか。いやあ中村一心斎殿もご健在でござったか。昨夜は直俊君を狙《ねろ》うてここを襲うそこつ者があったとかで、鬼退治ご苦労様にござった。ちっくとは暇つぶしになったかのう」

竜馬は直俊君と沙那を伴って戻ってきた。

一心斎は竜馬の皮肉交じりの言葉に対しても、好々爺《こうこうや》のような表情でいる。

「なに、家の中を散々嗅ぎ回っておったが、ここには留守番の爺《じい》がひとりおるだけだと知ると、さっさと帰りおったよ。さて、儂も出かけるとするか」

一心斎は傍《そば》に置いてあった風呂敷包を、ひょいと摑んで立ち上がった。そのまま部屋を出て道場に足を向けた。

「そうじゃ、言い忘れておったが、儂が持っていた箱根湯本の温泉宿じゃが、おぬしの名義に書き換えておいた。刀傷ができたらいつでも治しに行くがよい。今度は宿主じゃから頑固な番頭を顎で使えるぞ」

一心斎はそういうとひょいひょいと道場を横切って玄関にいった。

「それからな、おぬしのいぬ間に隣の居酒屋の主人がやってきてな、段階から転げ落ちて腰を悪くしたので隠居するといっておった。店を買ってくれというので、ここも買っておいた」

「買っておいたといわれますが、そんな突然に困ります。居酒屋など私にはできません」

「旅の一座の連中が隣で働くといっておった。女子《おなご》が三人も来おってな、女形《おやま》がここで一座を張れると喜んでおった」

一心斎は草鞋を履き終わると、そこにいる和三郎、竜馬、沙那、直俊君、うねの五人を見回してにっこりと笑った。この人が妖怪といわれた剣聖だとは誰も思わないだろう。

「いったいいくらでお買いになったのですか」

「六十両ほしいというので出しておいた。なに、儂からおぬしへの置き土産《みやげ》じゃ。

色々世話になった。これはおぬしの親父殿へのお礼も含まれておる」

一心斎は背を向けて玄関をくぐっていく。あまりの呆気《あっけ》なさに和三郎は茫然自失となった。

「先生、ちょっとお待ち下さい」

そういって裸足《はだし》で飛び出したが、一心斎の姿は今にも猪牙舟《ちょきぶね》に乗り込もうとしている。

「私の修行はどうなるのです。まだ、一度しかお手直しを頂いておりません」

「そのときは木更津に来ればよい。この国の行く末を眺めて日がな一日、のどかに暮らしておるはずじゃ」

「参ります。必ず参ります」

和三郎は堤から叫んだ。本当は今にもついていきたい思いだった。竜馬らがようやく追いついてきた。

「行ってしもうたな」

猪牙舟が桟橋を離れていく。

竜馬の顔にも感傷が浮いた。

「溜《た》め込んだ金が風呂敷包に全てあるとは思えんなあ。山賊を捕らえたときにたんまりもろうた礼金はどうするつもりじゃろかな」
竜馬がそう呟いた。
「この国の未来のために使うのやろ」
中村一心斎は背筋を伸ばして猪牙舟の真ん中に座っている。冬の光が正面から
あたり、冬風が一心斎の背中を押している。その姿がどんどん遠ざかっていく。
(剣聖と呼ばれたお方が、誰にも知られることなく、この世から姿を消そうとな
されている)
和三郎の胸が急に熱くなった。
涙が目に湧き出てきた。
「おい、和三郎、沙那殿が昨夜屋敷に泊まったために、土佐藩ではえらいほたえ
になっとるぞ。嫁にというやつもおれば、婿に迎えてくれとわめくやつもおる。
儂はどいてよいのか分からんき、とにかく逃げてきた。ん、おまん泣きゆのか」
「そうや、泣いとる」
「そうか、泣きゆのか。あの妖怪と出会うて、おまんの生き方も変わってくるじ
ゃろからな」
沙那は、別に頰を紅《あか》く染めるでもなく静かに微笑んで、すでに点のように小さ

くなった猪牙舟を見つめている。

「それからな、直俊君は実家には戻りたくないとゆうておったぞ、ここにおりたいそうじゃ。どうする？」

直俊君は和三郎を見上げて、

「船松町でもいいぞ」

といった。

「直俊という名前も元に戻さんといかんな。おぬしはなんという名じゃ」

和三郎は目線を直俊君と同じにして尋ねた。

「家では隼太《しゅんた》と呼ばれておった。でもそんなことはもう忘れた」

「ついでに若君言葉も忘れろ。名前など好きなようにつければよいのじゃ」

父中村和清のように、と和三郎は思った。

「では、今後のことを相談がてら、おぬしの居酒屋で朝飯を食いながら一杯やるとするか」

竜馬がご機嫌な様子で青い空を仰いでいった。気分転換の早い男だった。初冬の空は青く澄み渡っている。空気が新鮮だ。

居酒屋の暖簾《のれん》をくぐろうとすると、足元で「ワン」と吠《ほ》える犬がいた。

形良く伸びた鼻ズラが和三郎を睨み上げている。

「おい、このワン公は仲間のつもりじゃぞ」

竜馬が頭を掻いて笑った。

「でも、ここの主人はもう和三郎さんなんですから、犬を座敷に上げるのは勝手でしょ」

といったのはうねである。なんだか得意顔になっている。

いやだめだ、といったのは和三郎である。

「犬は犬。お犬様でも人間と一緒にはできん。他の客がみな犬を連れてきたらこの店はどうなるんじゃ」

和三郎はそのときばかりは、昨夜の激闘も忘れて偉そうに胸をそっくり返した。沙那が指を唇にあてて笑いをこらえている。隠れ唐衣がある限り、わたくしは和三郎様を隠れて見張っています、と笑われているような気がして、和三郎は少しばかり憂鬱になった。

(じゃが、あの数々の死闘をへて生き抜いてこられたのは、おれに剣の技と女子には気づかん気力があったからだ)

江戸の眩《まばゆ》い初冬の空を目一杯瞳を広げてみつめた和三郎は、そこで、ふうーっと大きな息をついた。

ここから始まる人生が楽しみだと思っていたのである。

解説

縄田一男

好漢・岡和三郎《おかわさぶろう》の剣難女難の青春を描く本シリーズも、本書で巻を重ねて四巻目。前回、血刀ひっさげ走り出した和三郎は、土屋《つちや》家の下《しも》屋敷に到着。ここからがいよいよ緊迫の場面のはずだが、作者は和三郎が一太郎と名付けた犬をアクセントにおき、何やら余裕すら感じさせる。

が、それも一瞬、沙那《さな》と再会した和三郎は、直俊君《なおとしぎみ》が奸賊《かんぞく》どもの刺客の襲撃にさらされることを告げ、直俊君らをひとまず安全なところへ連れて行こうとする。

その際、清々《すがすが》しいのは和三郎が感じる、「この子は自分に向けられた(影武者としての)運命までも分かっているのだ」というくだりであろう。和三郎は思う——たとえどんなに醜い政争が起ころうと、この少年だけは決して死なせてはならぬと。そして、瞬時に心を通わせ合う和三郎と少年。

和三郎らは、船松町《ふなまつちょう》の家へと急ぎ、大砲までくり出す始末。そこへ水ノ助《みずのすけ》や仙蔵《せんぞう》、さらには坂本竜馬《さかもとりようま》までもが加わって、本書は序盤から派手な展開だ。そんな中、おもんは「岡様は相変わらず剣難の相があるお方なんですねえ。でも大垣《おおがき》で出会った頃と比べれば、段違いで男らしくなりましたよ。惚《ほ》れちゃうくらい」と一言。和三郎の成長をうかがわせる、これは傍証であろう。

が、ことは土屋家の家中ばかりでなく、広島藩士までをも巻き込んで厄介な具合に――。その中で、和三郎は「相手の影の動きを一瞬のうちに飲み込」み、大活躍。さらに竜馬も「千葉《ちば》道場に入門したての門弟とは思えない、命知らずの重い剣さばき」を見せる。

が、そこに現われるのは、〝鬼歓《おにかん》〟こと神道無念《しんとうむねん》流斎藤弥九郎《さいとうやくろう》の三男、歓之助《かんのすけ》だ。和三郎と歓之助は双方の立場を理解しつつも、しかし、ここで剣をもって対峙《たいじ》しなければならなくなる。この両者の対決は、本書の中でも、最も迫力に満ちたそれであり、ページを繰る手に思わず力が入る。名場面といっていいだろう。正に開巻から波乱ぶくみの仕上がりなのである。

そして嵐が去ったような船松町の家で、いまや、共に生死をかいくぐった仲となった九十九長太夫《つくもちようだゆう》や水ノ助は、鬼歓との立ち合いで怪我《けが》を負った和三郎の身を案じるが、彼は（しかし、もうこの腕は使い物にならないかもしれん）と思い意識が遠のく。

そんな折、広島藩の連中が、やっと中村一心斎《なかむらいっしんさい》の道場を見つけ、ここに巣くっていた無頼の徒を追い出し、アジトの一つにしたという。そして季節は晩秋から初冬へ――。鬼歓に打たれた右腕は、痛みこそあれ、素振りや打ち込み稽古も可能となるまで回復、和三郎は坂本竜馬に、自分が誰かの影武者らしいということを話す。ここには当然、影武者直俊君へのシンパシイが描かれており、作品は、一見、単純なお家騒動風であっても、重層的で手がこんでいる。

が、竜馬は、異国船が押しかけてくる世の中でお家騒動か、といささか鼻白んだ様子で、自分は佐久間象山《さくましょうざん》の門をたたいたことを語る。結局二人は、かけがえのない友でありながら、育った環境により、別のバイアスを描いて進むしかなく、この時、和三郎の最大の関心事は使いものにならなくなった刀をどうするか、であり、新刀を誂《あつら》えることになる。

そして和三郎は、土屋家中屋敷へ行き、怒りにまかせて、奸賊・深水《ふかみ》の生命を絶つ。が、こんなことをして、ただで帰れる訳はない。はじめは口八丁で切り抜けていた和三郎も遂《つい》には剣を抜かねばならなくなり、実は、影武者である自分の生命をも狙う企てがあったことを知るのである。

　このようにたとえ奸物とはいえ、何人もの男たちを葬ってきた和三郎は、ついつい、暗い情念に取り憑《つ》かれるようにもなる。

　いわく（決して自分からは戦さを仕掛けることはなかったのだが、いつの間にか破落戸《ごろつき》のような真似《まね》をするようになってしまった）。

　いわく（満身創痍《まんしんそうい》になり、いつこの命がなくなるか知れないと考えるようになってからことにそうだ）。

　いわく（うらはどちらかというと温厚な男じゃった）。

　いわく（しかし、江戸という町がうらを変えたのではない。うらの裏の性格が姿を現したのだ）等々。

　そんな時、和三郎のこうした思いを断ち切ってくれたのが、うねとの江戸見物だ。

　はじめは、蕎麦屋《そばや》に行くだけだったが、どんな格好で行けばいいのかと慌てるうねがほほえましく、「犬は困るだ」といわれて、一太郎をとりあえず外につなぎ船宿で天ぷら蕎麦を食すも、ふと和三郎は、いま食っているそばの代金は、三十八文であり、岡場所の女のそれも三十八文ではないか、と、またぞろ気持ちが沈んでくるのを抑えることができない。

それが完全に一転するのは、この江戸見物の一行に直俊君らが加わってからである。この江戸見物の箇所は、殺陣《たて》に次ぐ殺陣といった本書の構成にあって、いちばんこころが和む章だが、読者諸氏も作者の悠々たる筆致に身をまかせて、百万人都市江戸のにぎわいを肌で感じることのできるくだりではあるまいか。実際、柳橋《やなぎばし》の泥鰌汁《どじようじる》の一杯や、和三郎が箱根湯本《はこねゆもと》で出会った旅芸人の一座との再会など、本書では、このシリーズの過去に登場してきた人物との再会が多いのも読みどころの一つだろう。

がそんな楽し気な雰囲気の中でも和三郎は、自分が今回のお家騒動の中で演じてきた血刀をかいくぐる役まわりを考えつつ、（何事も控え目に暮らしている土屋家家来のやっていることとは思えん。常軌を逸している）と、ともすれば暗くなりがちだ。

一方で、そんな和三郎の剣士としての炎を燃えさせるのは、千葉重太郎《じゆうたろう》との立ち合いだ。そして和三郎と対峙して、「おぬし、右腕を傷めておるな」「これまでにしよう」といった重太郎は、和三郎と比べると明らかに剣士としての格が上だというべきであろう。

そして土屋家のお家騒動について、この辺が潮時か、と自分ひとりで戦うことの限界を感じたあたりから、和三郎は、藩主の跡取りは誰がなるのか、換言すれば、自分も何やらその中で踊らされている身であり、血縁などは信用できんという思いを抱くようになる。

が、そんな中、敵陣営がはかる国松《くにまつ》様の将軍家お目見えを前にして、泥沼のような騒動を何としても打破しなければならない、と和三郎は強く決心する。

と、ここまで私は最後の章を除いて、本書のガイド役をこれ務めてきたわけになるが、敢《あ》えて最後の内容にまで触れなかったのには訳がある。もし解説の方を先に読んでいる方がいたら、本書の核心について記するのでぜひとも本文の方に移っていただきたいのだが、実は〈和三郎江戸修行〉シリーズは本書で一応の完結となる。作者の巧みな演出によって、過去の登場人物が次々と姿を現わしたり、和三郎が、対立する二つの陣営のどちらにも直俊君を渡すわけにはいかないという決意を固めたり、坂本竜馬を通じてさまざまな時代の群像について語られたり、という具合に本書はシリーズのクライマックスへ向けて走りはじめているのである。

私は滅多にこんな書き方はしないのだが、このシリーズが開始されたとき、優れた小説は作品をもって語らしめるしかないと解説というよりは感想めいたものを綴《つづ》らせてもらったのは、それだけ、和三郎らに魅せられたからであろう。

本書の解説を書くに際し、何やら哀感めいたものを感ぜずにはいられなかったし、これから和三郎の幕末維新、そして明治が書かれぬものかと、いまはそんな妄想を抱いている。そのときまで、ひとまず、左様なら。

（なわた・かずお　文芸評論家）

本書は、「ｗｅｂ集英社文庫」二〇二〇年十二月〜二〇二一年二月に
配信されたものを加筆・修正したオリジナル文庫です。

高橋三千綱の本

和三郎江戸修行　脱藩

幕末、越前野山領。小身藩士の三男・岡和三郎は無駄飯食いの立場ながら、剣の腕には覚えがあった。藩重役から江戸での剣術修行を命じられ、旅立つが……。剣客青春ロードノベル！

集英社文庫

高橋三千綱の本

和三郎江戸修行　開眼

浜松城下で坂本竜馬と別れ、和三郎は幕末の東海道を一路、江戸へ。剣客修行の傍ら、吉田松陰、横井小楠、そして師匠・中村一心斎との出会いが彼を成長させていく。シリーズ第二弾！

集英社文庫